SAMA MAANI • TEHERAN WUNDERLAND

SAMA MAANI

Teheran Wunderland

Roman

DRAVA

Die Herausgabe dieses Buches erfolgte mit
freundlicher Unterstützung durch die Stadt Wien

Drava

DRAVA VERLAG • ZALOŽBA DRAVA GMBH
9020 Klagenfurt/Celovec, Gabelsbergerstraße 5
Telefon +43(0)463 501099
office@drava.at
www.drava.at

ISBN 978-3-85435-867-1

- in alter Rechtschreibung -

Ich weiß zwar von meinen Eltern, die mich als Kind in dieses Land gebracht haben, daß sie aus Teheran stammten, und also auch ich. Aber ich habe keine Erinnerung an Teheran, obwohl mich jedesmal, wenn ich die Sprache Teherans höre, eine Empfindung durchströmt, auch wenn ich kein Wort zu verstehen vermag, eine körperliche – ich will aber nicht.

Das Land, in das mich meine Eltern gebracht haben, um dann bei einem Verkehrsunfall zu versterben, ist ein deutschsprachiges. Und ich wohne in einer Kleinstadt in den *Deutschsprachigen Bergen*, die in Wahrheit ein Dorf ist.

Neulich war ich, um Besorgungen zu machen, in der Hauptstadt einer der Landesprovinzen, eine Provinzstadt, von der sie sagen, sie habe etwas Mediterranes. Ich war mit dem Zug angereist. Um in die Altstadt zu kommen, nahm ich die Tram und vertiefte mich, sobald ich mich hingesetzt hatte, in ein Buch über Churchill. Eine Station vor dem Hauptplatz war auf einmal Musik zu hören, eine Marschmusik, kriegerisch und zugleich melancholisch. Ich sah aus dem Fenster: Hunderte schwarz und auffallend gut gekleidete Frauen und Männer, die sich hinter einem Kleinbus Richtung Hauptplatz bewegten. Auf dem Dach des Kleinbusses war ein Lautsprecher installiert, aus dem Marschmusik drang. Jetzt war die sonore Stimme eines Mannes zu hören, weniger kriegerisch als melancholisch, und die Empfindung, die mich immer durchströmt, wenn ich die Sprache Teherans höre, eine körperliche – ich will aber nicht und so weiter.

Die Fahrgäste begannen, sich über die Fahrbehinderung zu echauffieren, bis sich die Türen öffneten. Ich war aufgestanden und hatte das Churchill-Buch in den Rucksack gesteckt, um auszusteigen, da hörte ich die Stimme einer alten Frau im Dialekt der Provinzstadt.

„Was … sind denn *das*?“

„Das? Teheraner“, sagte ein Mann, ebenfalls alt, ebenfalls im Dialekt der Provinz.

„Teheraner?“

„Zuhause traun sie si nix. Oba bei uns do – mochn's Krawall.“

Ich war dabei, auszusteigen, da rannte ich auf einmal nach hinten. Sie saßen nebeneinander. Er hatte das runde, rote Gesicht der Bewohner der charmanten Provinz, sie aber nicht.

„Was ist?“, fragte er im Dialekt der Provinzstadt, der mich auf einmal an das Grunzen der Schweine erinnerte. Ich begann ihn zu würgen und würgte, als hätte ich den Auftrag, ihn zu Tode zu würgen, bis mir die Hände zu krampfen begannen. Dann ließ ich von ihm ab. Der Mann war gelb und blau angelaufen, rot war er ja schon, und hustete. Die Alte, wahrscheinlich die Ehefrau, starrte mich an. Dann kippte ihr Kopf auf einmal nach hinten. Als der Alte Blut zu husten begann, stieg ich aus.

Draußen tauchte ich in die Menge der schwarz und auffallend gut gekleideten Frauen und Männer, die der Alte *Teheraner* genannt hatte. Es war warm. Nicht, daß es in der Straßenbahn nicht auch warm gewesen wäre und überhaupt in der Stadt. Aber dieses *warm* umhüllte die Haut meines Körpers, mein Kopf kippte nach hinten, wie der Kopf jener Alten, die Augen fielen mir zu, ich sah ein Licht und wußte, daß es eine Erinnerung war. Ich sagte, ich habe keine Erinnerung an Teheran, aber ich sitze in der Erinnerung an Teheran, die ich nun doch hatte, in einem Auto am Rücksitz und sehe ein Licht und spüre das Licht auf der Haut meines Hinterns, wie das *warm* an der Grenze zu *heiß* im Strom dieser schwarz und auffallend gut gekleideten Frauen und Männer die Haut meines ganzen Körpers umhüllte.

Ich hatte die Augen wieder geöffnet, sah aber noch immer das Licht – auf einmal war da eine zweite Erinnerung an Teheran. Ich liege auf dem Bauch, auf dem Teppich, und schaue in ein Comic. Das Comic ist in gleißendes Licht getaucht wie in der ersten Erinnerung die Haut meines Hinterns respektive das Auto. Auf einmal rempelt mich jemand – in der Provinzstadt, nicht in der Erinnerung in Teheran – von der Seite, oder jemand selbst Angerempelter ist auf mich gestürzt, wir gehen beide zu Boden. Jetzt ist mir, als hätte man eine Art Leintuch über mich geworfen, durch das ein rötliches Licht hindurchschimmert. Ich will raus, da sehe ich zwei Augen in einem Frauengesicht, die mich überrascht und begeistert anschauen. „Du?", sagt das junge, auffallend hübsche Frauengesicht, ich krieche, so schnell ich kann, aus dem Leintuch und kämpfe mich, durch den Strom der Teheraner hindurch, zur Mauer des *Landhaus* gennannten Parlaments der Provinz, eines Renaissancebaus.

Ich versuchte zu kapieren, was passiert war. Einige der in der Straßenbahn *Teheraner* Genannten hatten eine Fahne in Form eines ungewöhnlich langen Transparents hochgehalten, das jetzt am Boden lag. Es hatte sich, wie man mir später erklärte, um die rot-weiß-grüne Fahne Teherans gehandelt. Andere hatten dann die Fahnenträger gerempelt – Rempler, Fahnenträger und Unbeteiligte, wie ich, waren zu Boden gegangen und etliche der Fahnenträger, aber auch Unbeteiligte, wie ich, waren unter der Fahne zu liegen gekommen.

„Sag, wie hast du's mit – den Teheranern?"

Ich erschrak, und schaute nicht hin. Es war die Stimme des Frauengesichts unter der Fahne. Als ich aber doch hinschaute, war da ein anderes Gesicht, den Kopf an die Mauer gelehnt – eines jener Gesichter, die immer was sagen, immer, auch wenn sie schweigen. Aber du willst es nicht hören.

„Bist du für – ", sie nannte einen mir unbekannten Namen, und dann auch andere, vermutlich von Politikern, in Teheran. Ich habe es immer vermieden, mich mit den Politikern in Teheran zu befassen, und überhaupt ist mir Teheran fremd. Ich weiß zwar von meinen Eltern, daß sie aus Teheran stammten, und also auch ich. Mehr wollte ich nicht. Aber das Frauengesicht, den Kopf an die Mauer jenes *Landhaus* genannten Renaissancebaus gelehnt, wollte nicht aufhören, über die Politiker in Teheran zu reden.

Kann es aber sein, daß ich, sobald ich aus der Fahne heraus war, statt dem Frauengesicht drei Männern begegnete, einem jungen Hochgewachsenen und zwei älteren, die „Alles in Ordnung?" gefragt hatten. Ich war ja gestürzt.

Sie hatten die Sprache Teherans gesprochen, das heißt, daß sie mich für einen Teheraner hielten, was ich auch bin, aber es wunderte mich, weil mich in der Regel weder die Bewohner der Deutschsprachigen Berge noch Teheraner für einen Teheraner halten. Ich habe eine für Teheran untypische Nase und meine Haarfarbe nennt man in der Provinz *semmelblond.*

Sie hatten also die Sprache Teherans gesprochen, die ich nicht verstehe. Dennoch verstand ich ihr Anliegen, bedankte mich und entschuldigte mich, daß ich, obwohl ich aus Teheran stamme, die Sprache nicht spreche.

„Sie meinen", sagte einer von ihnen, auf Deutsch, „daß Sie aus Teheran stammen und die Sprache nicht sprechen?"

Ich hatte, sobald ich sie gesehen hatte, gedacht, sie seien Brüder, und das waren sie auch, obwohl sie äußerlich miteinander keine Ähnlichkeit hatten. Einer hatte ein feines Gesicht, einen Bart nach der Art von Intellektuellen und eine Glatze, der zweite war hochgewachsen und jung. Der dritte, der mich gefragt hatte, warum ich die Sprache nicht spreche, hatte einen Bauch.

„Das macht nichts", sagte der junge Hochgewachsene, der sich Giw nannte, und aussah wie ein Student, zum Beispiel der Wirtschaftswissenschaften. Giw ist, wie man mir später erklärte, der Name eines Helden der Teheraner Mythologie.

Die *Selbstverständlichkeit*, mit der die Brüder mich angesprochen hatten, überraschte mich und ihre Freundlichkeit, die sich von der Art, wie sie einem in den Deutschsprachigen Bergen begegnen, angenehm unterschied. Ich fand die Brüder sympathisch – den mit dem Bauch ausgenommen, der mir vorgehalten hatte, daß ich die Sprache nicht spreche, und den ich – für mich – den Groben nannte, und kam mit ihnen, obwohl an sich scheu, sofort ins Gespräch.

Sie fragten, wo und ob meine Eltern noch lebten und so weiter, und als der Strom der Teheraner zu versiegen begann, kehrten wir in einer Seitengasse der Fußgängerzone in „Die Deutschsprachige Gemütlichkeit" ein, ein Gasthaus, das mir vom Hörensagen bekannt war. Die „Deutschsprachige Gemütlichkeit" war nahezu rauchfrei und nahezu leer, der Schiffboden knirschte, ich hatte fast das Gefühl, daß er schwankt.

Sobald sie sich gesetzt hatten, veränderte sich der Ausdruck ihrer Gesichter. Das des Feinen schien nachdenklich, der Junge war blaß, der mit dem Bauch, der schon die ganze Zeit grimmig geschaut hatte, schaute noch grimmiger. Alle vier bestellten wir ein Bier. Ich wunderte mich, daß die Gebrüder, wie ich die Brüder im Stillen nannte, alle ein Bier bestellt hatten, ich dachte, daß Teheraner kein Bier trinken, obwohl ja auch ich aus Teheran stamme und Bier trinke. Das sei ein Gerücht, sagte der mit der Glatze und dem feinen Gesicht, selbstverständlich würde in Teheran Bier konsumiert, „genauso wie bei uns", und in weiterer Folge sagte er „bei uns", sowohl dann, wenn er von den Deutschsprachigen Bergen, als auch dann, wenn er von Teheran sprach.

Ich war froh, den Gebrüdern begegnet zu sein, denn ich hatte eine Frage über Teheran, die mich seit Jahren beschäftigt. Daß ich an Teheran keine Erinnerung hätte, stimmt also nicht. Es gibt Zeiten, da habe ich Erinnerungen an Teheran, die aber später verschwinden, und in Zeiten, in denen ich *keine* Erinnerungen an Teheran habe, erinnere ich mich nicht, je zuvor Erinnerungen an Teheran gehabt zu haben. Das Bier war angenehm kühl und die Kellnerin, blond, erinnerte mich an eine Isabella von früher.

„Nicht wahr", fragte der Junge den Feinen, „*Du* hast mir das Radfahren beigebracht, im Keller. Mit der Katze unter der Couch."

„Im Keller ...? Doch, ja … in der Eisenhowerstraße."

„In Teheran", der Feine wandte sich an mich, „hatten die Straßen, ich meine früher hatten viele Straßen in Teheran amerikanische Namen."

Es war mir peinlich, daß sich der Feine gezwungen sah, mir Teheran zu erklären, und ich verfluchte die Eltern, daß sie mich in das deutschsprachige Land gebracht hatten, um danach bei einem Verkehrsunfall zu versterben.

„Ja, genau ... du warst fünf oder sechs", der Feine hatte sich wieder an den Jungen gewandt, „und ich studierte an der Schöngeistigen Fakultät der Universität ..."

„Und du hast mir dieses Fahrrad gekauft. Mit den Stützrädern."

„Die Stützräder haben wir aber abmontiert."

„Und hast mich auf deinem Fahrrad immer mitfahren lassen. Auf der Stange. Und bist ganz nah an den *Djubs* entlang. Da habe ich geschrien."

„Der mit den Djubs war ich", sagte der Grobe.

Ich hörte dem Gespräch mehr oder weniger aufmerksam zu, gleichzeitig war ich mit jener Frage über Teheran beschäftigt, die ich den Gebrüdern stellen wollte. Der Junge wandte sich an mich: „Können Sie bitte – ", er wirkte verlegen, „können Sie sich – an einen anderen Tisch setzen?" Sie, die Brüder, hätten etwas – er zögerte – *etwas Privates* zu besprechen. Ich war aufgesprungen und wollte, ohne an das Zahlen zu denken, die Deutschsprachige Gemütlichkeit verlassen, da spürte ich eine Hand auf der Schulter. „Bleiben Sie", sagte der Grobe. Und zum Jungen: „Im Gegenteil." Ich verstand nichts. Und setzte mich wieder.

„Fangen wir an", sagte der Grobe.

„Fangen wir an", sagte der Feine.

Der Junge seufzte.

„Was sind Djubs?", fragte ich.

„Djubs, das sind die Wasserläufe in Teheran", sagte der Feine „ähnlich den Wasserläufen in –", er nannte eine Provinzstadt im Westen der Deutschsprachigen Berge, „ähnlich den Wasserläufen in –, aber dreckiger und tiefer".

„Fangen wir an", sagte der Feine, „ich gestehe: Ich war bei den Blauen". „Wissen wir", sagte der Junge, „weil Du reiten wolltest". Und zu mir: „Ich würde auch gerne reiten, wie mein Bruder, Kambis. Aber in Teheran darf man nicht reiten, und in den

Deutschsprachigen Bergen sagen sie, das Reiten sei etwas für ganz junge Mädchen".

„Für ganz junge ...?", die Augen des Groben schienen zu leuchten, ohne daß dieses Leuchten das Grimmige in seinem Gesicht verdrängt hätte.

„Ich meine Kinder", sagte der Junge, „neun-, zehnjährige".

Und zu mir: „Die Blauen nennt man in Teheran die berittene Sittenmiliz, die blaue Jeanshemden tragen und für die Kontrolle der Bekleidung der Frauen zuständig sind und bei Demonstrationen für das Prügeln und in den Gefängnissen für das Foltern und die ... Verhöre".

Ich hatte den Eindruck, war mir aber nicht sicher, daß der Junge nachdem er „Foltern" gesagt hatte, statt „Verhöre" ein anderes Wort sagen wollte. „Mein Bruder ist zu den Blauen, weil in Teheran das Reiten als kaiserlich diffamiert wird. In Teheran können Sie nur reiten, wenn Sie sehr reich sind oder bei der Sittenmiliz ..."

„Laß ihn doch selbst reden", sagte der Grobe dem Jungen, wobei er den Kopf schüttelte, auf eine Art, wie ich es von Teheranern kenne, knapp bevor sie, bei Diskussionen zum Beispiel, in *Rage* geraten.

„Du willst doch nicht sagen ...", sagte der Junge.

„Nichts will ich", sagte der Grobe, so laut, daß es peinlich war. Der Feine hob die Hände, als wollte er sich ergeben, und wandte sich, als sich der Grobe beruhigt hatte, an mich: „Das hier ist ein Gericht".

Ich verstand wieder nichts, und dachte an eine Verhandlung im Gerichtssaal, dann an „Gericht" im Sinne von Essen. Beides machte keinen Sinn. Auch sprach der Feine ein perfektes, wenn auch nicht akzentfreies Deutsch, weshalb es ausgeschlossen schien, daß er mit „Gericht" – er hatte die Rechte, als er „Gericht" gesagt hatte, bewegt, so als wollte er auf das Bier auf dem Tisch zeigen – das Bier gemeint haben könnte.

Oder hatte er „Gerücht“ sagen wollen?

In Teheran sei wieder eine Revolution im Gange, sagte der Feine, die das Regime hinwegfegen würde. Ob aber die Revolution das Regime hinwegfegen würde, sei – bei genauer Betrachtung – nicht sicher. In Teheran herrsche ein rücksichtsloses klerikales Regime, ähnlich jenem rücksichtslosen Regime, das in den Deutschsprachigen Bergen vor Jahren geherrscht hätte. In einer Hinsicht hätte die Revolution aber jetzt schon gesiegt. Ein Rat, bestehend aus Vertretern aller Regionen und Berufsstände Teherans habe sich des *moralischen Aspekts* der Revolution angenommen, indem er den moralischen Aspekt in die Revolution einzuführen respektive die in der Revolution schon vorhandenen moralischen Ansätze zu bestärken versuche.

Vor der Machtergreifung des Klerus hätte man sich in Teheran an die Gebote der Moral aus eigenem Antrieb gehalten, nach der Revolution aber hätte der Klerus diverse Institutionen ins Leben gerufen, die Sittenmilizen zum Beispiel oder die Sitten-Staats- und die Sitten-Geheimpolizei und Sondergerichte für

Kinder,
Frauen
und Männer,
Jugendliche,
Alleinerziehende,
Alkoholiker,
Suchtkranke,
Journalisten,
Künstler,
Andersgläubige,
Behinderte
Geistliche,

Homosexuelle,
Geschiedene
und Wiederverheiratete,
um nur einige wenige zu nennen.

Diese Institutionen kontrollierten die Teheraner seit Jahren und schikanierten sie, so daß ihnen die Fähigkeit zur Eigenkontrolle und zur Eigenbewertung ihres Benehmens abhandengekommen sei, sagte der Feine, und Teheran nunmehr in Sachen

Korruption
und Prostitution
und dem Handel mit Organen
und Drogen
weltweit führend sei.

Der „Revolutionäre Rat zur Wiederherstellung der Moral" habe nun zur Wiederherstellung und Förderung der Moral in ganz Teheran eine Kampagne gestartet, und infolge dieser Kampagne fände man bei einem nicht unbeträchtlichen Teil der Bevölkerung Teherans erstmals wieder Ansätze der Moral – und nach dem bevorstehenden Sieg der zweiten und wahren Revolution sei die Moral die Basis der Entwicklung der Gesellschaft.

Wann jedoch das Regime der Klerikalen hinweggefegt werden würde, und ob überhaupt, sei nicht sicher, sagte der Feine. Weshalb der Rat die Teheraner aufgerufen habe, die Tatsache der – immerhin zum Teil wiedergewonnenen – Moral jetzt bereits auszunützen. Alle Teheraner, so der Rat, in Teheran respektive im Ausland, sollten sich *einer Einvernahme durch Familienmitglieder* unterziehen, um herauszufinden, ob sie sich eines Verbrechens im Dienste des klerikalen Regimes schuldig gemacht hätten. Wird jemand eines Verbrechens für schuldig befunden, möge das *Familiengericht* sie oder ihn verurteilen und bestrafen.

Es sei ja nicht so, erklärte der Feine, daß die Verbrechen der Klerikalen bloß von den Klerikalen verübt worden wären. Ein nicht unbeträchtlicher Teil der Bewohner von Teheran hätte sich seinerzeit der Revolution der Klerikalen verschrieben – und ein nicht unbeträchtlicher Teil dieses Teils wiederum habe Verbrechen begangen. Die Familiengerichte müßten jetzt abgehalten werden, erklärte der Feine, jetzt oder nie, sonst könnte sein allfälliges Wiedererstarken das Regime in die Lage versetzen, die – immerhin zum Teil – wiederauferstandene Moral wieder zu untergraben.

„Fangen wir an", sagte der Grobe.

„Fangen wir an", sagte der Feine.

Der Junge seufzte.

„Ich will nicht", sagte der Grobe, „daß der Eindruck entsteht, daß etwas zwischen uns", sein Zeigefinger pendelte zwischen dem Gesicht des Feinen und seinem eigenen, „auf das Urteil einen Einfluß gehabt haben könnte. Weshalb ich dafür plädiere, daß ein Außenstehender der Verhandlung beiwohnt. Und ich möchte", er wandte sich an mich, „unseren Landsmann aus Teheran bitten, auch wenn er die Sprache nicht zu verstehen vermag, die Verhandlung aufmerksam zu verfolgen. Und er meldet sich bitte beim geringsten Verdacht auf Voreingenommenheit meinerseits, ja?"

Die Einvernahme der drei Brüder, aller drei Brüder, sagte der Grobe, ohne mir die Möglichkeit zu geben, seiner Aufforderung zuzustimmen oder sie abzulehnen, die Einvernahme aller drei Brüder im Sinne des Kommuniqués des Revolutionären Rates zur Wiederherstellung der Moral habe bereits stattgefunden. Es hätte sich herausgestellt, daß der Feine, was aber ohnehin bekannt gewesen sei, nun sei es aber in gewisser Weise amtlich, Mitglied der Blauen gewesen sei.

Mehr als einmal schien der Junge den Groben unterbrechen zu wollen, dieser sah ihn aber grimmig an, so daß er an sich hielt und schwieg. Nun müsse geklärt werden, ob sich der Feine im Dienste der Blauen eines Verbrechens schuldig gemacht hätte – wenn ja, müßten Art und Ausmaß der Strafe festgesetzt und im Sinne der neuen revolutionären Moral exekutiert werden.

„Fangen wir an", sagte der Grobe.

„Fangen wir an", sagte der Feine. Und hob das Glas, zum Zeichen, daß er noch ein Bier haben wollte, „ich werde alles erzählen".

„Kannst du Dich an *Shirwani* erinnern?", fragte er den Groben, „*Sam Shirwani*?"

Ich dachte, als ich den Feinen *Sam* sagen hörte, der Gebrauch des Namens Sam in Teheran verdanke sich dem Einfluß der Amerikaner, dem Teheran, dem Feinen zufolge, vor der Revolution der Klerikalen ausgesetzt gewesen war. Dem Einfluß der Amerikaner auf Teheran verdankte sich übrigens auch meine Frage, die ich den Brüdern stellen wollte. Später sollte ich erfahren: Sam ist der Name eines Helden der Mythologie Teherans.

„Sam", sagte der Feine, an den Jungen gewandt, „war mein Kamerad in der *Parastu-Schule* im Norden von Nord-Teheran, Sohn eines Wurstfabrikanten, dessen Produkte in Teheran jeder kannte", der Feine wandte sich an mich,

„und jeder Greißler und jeder Supermarkt im Angebot hatte. Und als Leuchtreklame auf Hochhäusern und an Verkehrsknotenpunkten und auf allen Fernsehkanälen waren die Wurstfabrikate von Sam seinem Vater präsent, und ich glaube, ohne übertreiben zu müssen, behaupten zu können: Dem Sam seinem Vater die Wurst war das in der Geschichte von Teheran am intensivsten beworbene Produkt.

Wir haben Sam aber nicht, wie zu erwarten gewesen wäre, wegen der Wurst seines Vaters gehänselt. Er war im Gegenteil der beliebteste Junge im ganzen Gymnasium. ‚Wie zu erwarten gewesen wäre' sage ich nicht wegen der Lächerlichkeit, die der Wurst innewohnt, sondern wegen der Zugehörigkeit seines Vaters zur Klasse der Kapitalisten, wo uns doch damals der Gedanke an eine *proletarische Revolution* beherrschte. Wir alle stammten, wie alle Gymnasiasten im ganzen Teheran, aus Familien der Mittel- und der Oberschicht, empfanden uns aber dennoch als *proletarisch* und folglich als revolutionär. Allerdings war die Revolution die dann in weiterer Folge tatsächlich stattfand, nicht proletarisch, sondern klerikal.

Womöglich verdankte sich dem Sam seine große Beliebtheit dem Umstand, daß er ein guter Fußballer war, wenn nicht der beste der ganzen Schule. Obwohl der Fußball in Teheran nicht als proletarischer Sport galt, wie hier, in den Deutschsprachigen Bergen, sondern als kapitalistisch, weil amerikanisch, was aber lächerlich ist – die Amerikaner lieben den Fußball weit weniger als wir in Teheran.

Darüber hinaus war er Rockmusiker, hatte als Kind schon E-Gitarre gelernt, mit fünfzehn gründete er eine Band, die sich AC/DC nannte. Ich kannte mich mit Rockmusik gar nicht aus, was ich bedauerte, weil sich mit Rockmusik auszukennen natürlich als *cool* galt. Dennoch machte ich keine Anstalten, mich mit Rockmusik zu befassen, wohingegen ich mich intensiv mit der Lyrik von Teheran befaßte – weniger mit der modernen als mit der traditionellen. Ich hatte in der ersten oder zweiten Klasse der Unterstufe begonnen, Gedichte zu schreiben, also mit zehn oder elf, und je älter ich wurde desto häufiger schrieb ich Liebesgedichte – dann kam *das Mädchen* – und bis zum Schluß sagte der Junge, ohne einen Namen zu nennen, *das Mädchen*. „Das Mädchen hatte ein schmales Gesicht, das ihrem schmalen Körper entsprach, dunkle Haare und eine dunkelbraune Haut, im Unterschied zur hellen bis sehr hellen Haut der anderen Mädchen der Schule, die alle aus dem Norden von Teheran stammten. Ihr Vater und ihre Mutter waren BuchhändlerInnen, die – als ich die vorletzte Klasse der Oberstufe besuchte – in unser Viertel zogen, um vis-à-vis unserer Schule eine Buchhandlung zu eröffnen. Diese Buchhandlung werde ich niemals vergessen, das heißt, den Geruch. Die Buchhandlung bestand aus einem schmalen, länglichen Raum, mit einem Holzboden, und ich glaube, daß der Geruch der Buchhandlung der Geruch jenes Holzbodens war, der dem Holzboden hier in der Deutschsprachigen Gemütlichkeit ähnelte …"

„Das ist ein Schiffboden", korrigierte ich, und es war, als hätte der Schiffboden wieder zu schwanken begonnen.

„Die Buchhandlung hatte einen Vertrag mit der Schule, wir konnten dort Bücher entlehnen, und wenn ein Schüler ein entlehntes Buch kaufen wollte, wurde die Entlehngebühr vom Kaufpreis abgezogen. Vor der Eröffnung der Buchhandlung kannte ich nur die Bücher der Eltern, Gott habe sie selig, obwohl ich, schon immer, wie soll ich sagen, ein Büchernarr war. Mutter", der Feine wandte sich an mich, „war Bergbauingenieurin, ihre englischsprachigen Fachbücher interessierten mich nicht. Wohl aber ihre amerikanischen Erzählungen und Romane. Vater besaß neben seinen deutschsprachigen Romanen eine Sammlung von Werken alter Teheraner Meister. Wie die meisten meiner Altersgenossen schrieb ich damals Gedichte und wie ich meine, nicht schlechte. Einmal hatte ‚Die Beschaulichkeit', das Teheraner Fernsehmagazin, über die Vermittlung einer Kusine der Mutter, einer Sportjournalistin, ein Gedicht von mir abgedruckt, das sich vordergründig mit dem Jahreszeitenwechsel befaßte, aber mit den Worten endete:

Bald kommt der Frühling
Dann sind wir frei
Nicht ewig währt die Tyrannei

Es war im letzten oder im vorletzten Jahr der Herrschaft des Kaisers. Dennoch wurde das Gedicht unzensiert abgedruckt, vermutlich waren die Redakteure der Beschaulichkeit, vom Virus der Revolution infiziert, wie wir alle, die als eine proletarische begann, wie gesagt, und in eine klerikale mündete.

Nach der Veröffentlichung meines Jahreszeitengedichts wurde ich auf einmal berühmt. Nicht im ganzen Teheran, aber in der Schule galt ich fortan als Poet und gründete zusammen mit anderen Jungen einen Poesie-Club, den ‚Club der toten Dichter'. Ich weiß schon", sagte der Feine, als er meinen irritierten Blick registrierte, „ich weiß schon, der Film ist erst später entstanden, da gab es unseren Poesie-Club nicht mehr, und nicht einmal mehr unsere Schule. Aber der Film hat mich begeistert und an unseren Poesie-Club erinnert – so sehr, daß ich ihn im Nachhinein ‚Club der toten Dichter' nenne. Außer mir hatte der ‚Club der toten Dichter' noch vier andere Mitglieder, lauter unsportliche Brillenträger. Wir schrieben, um die traditionelle Poesie der Teheraner Meister zu fördern, Gedichte im Stil jener Alten, die wir in der Teeküche der Buchhandlung der Eltern des Mädchens rezitierten. Wir betrieben auch eine Wandzeitung, ‚Die Welt im Wort' oder ‚Das Wort und die Welt', ich weiß es nicht mehr.

Einmal saß ich im Pausenhof auf einer Bank und aß mein Wurstbrot – weil ich dünn war, gab mir Mutter, auf Anraten des

Kinderarztes, täglich ein Wurstbrot, das mußte ich essen –, da stand auf einmal das Mädchen vor mir. Ob sie etwas fragen dürfe? Sie stand vor mir in einer Jeanshose, die werde ich niemals vergessen, eine gewöhnliche Jeans, bloß daß deren Blau dunkler war, und *fader*, wie man in der Deutschsprachigen Provinz gesagt haben würde, als die Jeanshosen in Nord-Teheran. Das Mädchen hatte bis dahin mit mir überhaupt nicht gesprochen, obwohl sie seit Monaten unsere Schule respektive unsere Klasse besuchte. Die Menschen im Süden von Teheran", der Feine wandte sich an mich, „sind in der Regel konservativ, im Gegensatz zu den Menschen im Norden. Und die Eltern des Mädchen waren, wie sie mir später erklärte, *ganz besonders* konservativ, das Mädchen durfte mit den Jungen in der Klasse nicht sprechen – wohingegen alle anderen Mädchen der Klasse, die aus Nord-Teheran, pausenlos mit den Jungen sprachen. ‚Ich weiß, daß Du Gedichte schreibst', sagte das Mädchen, auch sie täte das. Ob sie dem Club beitreten dürfe?

Das Mädchen hatte mich, seit sie das erste Mal die Klasse betreten hatte, beschäftigt. Mir gefiel ihre Schüchternheit und was die Kameraden ihre *Unschuld* nannten. ‚Immerhin', hatte Arman gesagt, ein ständig Rülpsender, dessen Vater mehrere Diskotheken besaß, und den wir *den Proleten* nannten, was trotz unserer proletarisch-revolutionären Haltung nicht wertschätzend gemeint war, ‚immerhin ist sie im Unterschied zu den anderen keine Hure'. Das Mädchen hatte mich beschäftigt, auch wegen ihres Körpers, der schmal war, dennoch aber, wie soll ich sagen, sehr weiblich, und ich hatte vor, über ihren Körper, ihre Schüchternheit sowie ihre Unschuld je ein Gedicht zu verfassen.

Als sie mich fragte, ob sie etwas fragen dürfe, war ich aufgesprungen und wußte nicht, was ich mit den Händen und meiner Wurstsemmel anfangen sollte. Ich nickte, um ihre Frage zu beantworten, reden konnte ich nicht, weil ich aufgeregt war, das Nicken konnte sie aber nicht sehen, sie hielt den Kopf gesenkt – dann stellte sie ihre Frage.

„Als sie sagte, sie schreibe Gedichte, hob sie den Kopf", der Feine wandte sich an mich, „und ich sah ihre Augen. Ich hatte mich immer gefragt, was sie meinen, wenn sie sagen, daß Augen leuchten. Nun wußte ich es. Aber ich habe keine Erinnerung an dieses Leuchten. Ich *weiß*, daß ihre Augen leuchteten, als sie sagte, sie schreibe Gedichte, aber in meiner Erinnerung existieren keine leuchtenden Augen, weil ich das Mädchen, als sie sagte, sie schreibe Gedichte, auf einmal liebte – und weil die Liebe die Bilder in der Erinnerung ausgelöscht hat. Von der Erinnerung an die Semmel, die ich zwischen meiner Linken und meiner Rechten hin und her schob, weil ich nicht wußte, was ich mit meinen Händen und meiner Semmel anfangen sollte, abgesehen.

Andere Erinnerungen zeigen das Mädchen und mich, Hand in Hand, im Sommer, im Park, ich habe sie aber niemals geküsst, den Hügel, auf dem wir sitzen, Rücken an Rücken, und lesen. Das Mädchen lehrte mich Romane zu lieben. Und Comics. Vor dem Mädchen glaubte ich Comics seien amerikanischer Schund.

Das Mädchen sagte immer, ich sei der einzig Interessante im ganzen Gymnasium. ‚Und Sam', fragte ich, ‚Und Sam? Alle reden von Sam'. Und sie: ‚Sam ist genau der gleiche Prolet wie der Armin'. Und lese, wenn er überhaupt lese, außer Schulbücher überhaupt keine Bücher. Im nächsten Schuljahr kam es zur ersten Krise der Liebe. Wenn es denn Liebe war. Ich bin mir im Nachhinein nicht mehr so sicher. Das heißt, ich bin es, was mich betrifft, schon. Aber lassen wir das. Am letzten Schultag, zugleich der letzte Tag des Projektunterrichts, hatte unser Club ein *Dich-*

terfest organisiert. Wir Clubmitglieder sollten selbst verfaßte Gedichte verlesen, einschließlich des Mädchens – das Mädchen war das sechste und einzig weibliche Mitglied des Clubs. Im Vorfeld gab es einen *Literaturwettbewerb* und als Höhepunkt des Festes war die Verleihung der Preise an die Sieger geplant. Wie maßlos enttäuscht wir waren, daß nur fünf oder sechs MitschülerInnen Texte einschickten, obwohl wir uns, was die Werbung betrifft, maßlos angestrengt hatten, vor allem das Mädchen und ich, trotz unserer Schüchternheit. Wir alle im Club waren Brillenträger und schüchtern. Allerdings trug das Mädchen Kontaktlinsen.

Das Desinteresse am Dichterfest kränkte mich umso mehr, weil es mit dem überwältigenden Interesse an ein Rockkonzert von Sams Rockgruppe, AC/DC, zusammenfiel, das am ersten Tag des Projektunterrichts stattfinden sollte. Man sprach von nichts anderem als von diesem Konzert und überall in der Schule hatten Mitarbeiter des *Wurstpalastes* von Sams Vater – ein Gebäudekomplex unweit der Schule, in dem sich Kinos, Diskotheken, Bars und Saunen befanden und Restaurants, in denen es Wurst in allen Varianten gab: Pizze und Pasta mit Wurst, Reis mit Wurst, Burger und Salate mit Wurst, es gab ein Wursteis, dessen Geschmack werde ich niemals vergessen und Wurstkaugummis – überall in der Schule hatten die vom Wurstpalast Plakate affichiert, die das Konzert ankündigten. Auch in der Buchhandlung.

Drei Tage vor dem Konzert verkühlte sich Sam und man sprach von nichts anderem als von dieser Verkühlung. An jenem Samstag, an dem das Konzert hätte stattfinden sollen, dem ersten Tag des Projektunterrichts, klebten auf den Konzertplakaten orange Streifen mit der Aufschrift: ‚Verschoben auf Donnerstag!' Ich werde den Anblick dieser orangen Streifen niemals vergessen – am Donnerstagabend hatten *wir* unser Fest, und falls am selben Abend das Konzert stattfinden sollte, würde *kein Schwein*", der

Feine wandte sich an mich, „Sie verzeihen, zu unserem Dichterfest kommen. Ich war schockiert, und ohne mich mit den anderen im Club zu besprechen, stürmte ich in das Büro der für den Projektunterricht zuständigen Geschichte- und Geographie-Professorin". Der Feine wandte sich an den Groben, „Du kennst die *Teherani*. Ich war ein Schüchterner, das sagte ich schon, aber als ich jene orangen Streifen mit der Aufschrift: ‚Verschoben auf Donnerstag!' sah, fiel die Schüchternheit von mir ab und ich lief zur Teherani. Ich hatte leise zu sprechen begonnen, dann explodierte ich und begann zu brüllen. Ein Verbrechen sei das, dem Konzert des Sohnes eines Kapitalisten und Wurstmagnaten einem *proletarischen Poesiefest* den Vorzug zu geben. In Wahrheit waren unsere im Stil der Alten verfaßten Gedichte keineswegs proletarisch, aber die Teherani gehörte zu einer Kommunistenfamilie, das wußten wir alle, ihre Großmutter, Kommunistin und Feministin, hatte während der *Konstitutionellen Revolution* einem Gardeoffizier das Ohr abgebissen", der Feine wandte sich an mich, „seit 1844 haben wir in Teheran alle dreißig Jahre eine Revolution. Die Teherani war mehr als freundlich zu mir, obwohl ich – oder weil ich – gebrüllt und mich als Repräsentant eines wütenden proletarischen Poesie-Clubs präsentiert hatte. Später sollten wir erfahren, daß die Teherani nicht Kommunistin war, sondern Buddhistin. Buddhistin zu werden, war in Teheran schon damals in Mode. Politik haßte sie und mit ihrer Kommunisten-Familie hatte sie längst schon gebrochen. ‚So etwas liebt die Jugend', sagte sie. Womit sie die Rockmusik meinte. Oder den Sam. Man müsse die Jugend verstehen. Sie klang, als wäre sie, und als wäre auch ich schon sehr alt, dabei war sie erst Dreißig. Was uns aber schon alt vorkam. ‚Leichenschänder', hatte Arman gesagt, jener Rülpsende, als von einer Affäre Sams mit einer Dreißigjährigen die Rede war, einer Professorin, glaube ich. Oder Fitnesstrainerin im Wurstpalast? Wie auch immer. Die Jugend, wiederholte die Teherani, liebe solche Musik, das sei nun mal so, und die einzige Möglichkeit, das Konzert vor den Ferien stattfinden zu lassen, sei der Donnerstagabend. Davor sei nicht zu erwarten, daß Sam genese – und danach seien Ferien. Als Alternative für das Poesiefest käme jeder andere Abend der Woche in Frage. Jedoch sei an diesen anderen Abenden der große Pausenhof – den ich ein halbes Jahr davor für jenen Donnerstagabend reserviert hatte – besetzt, das sei aber ohnehin besser. Zu unserer Veranstaltung würden ja nicht *die Massen* erwartet, so sei halt die Jugend. Wir sollten das Dichterfest am besten an einem anderen Abend abhalten – und am kleinen Pausenhof. Da fiele es nicht auf, wenn *die Massen* ausbleiben würden, auf keinen Fall aber am Donnerstagabend, da würde AC/DC am großen Pausenhof auftreten, so daß ... ‚Am Donnerstagabend ist der große Pausenhof seit Monaten für uns reserviert!', brüllte ich. ‚Theoretisch', sagte die Teherani, ‚und natürlich könntet Ihr darauf bestehen, daß das Poesiefest am Donnerstagabend und tatsächlich am großen Pausenhof stattfinden soll. Aber überleg mal', in diesem Moment wurde mir schwarz vor den Augen, ‚niemand würde es verstehen, wenn das Poesiefest im großen Pausenhof stattfinden würde und Sam auf den kleinen ausweichen müsste. Das wäre lächerlich und hätte außerdem keinen Sinn. Der kleine und der große Pausenhof liegen nebeneinander. Würde das Poesiefest am großen Pausenhof stattfinden und Sams Rockkonzert am kleinen, würdet ihr beim Rezitieren eurer Gedichte Eure eigenen Stimmen nicht hören.'

Ich war aufgestanden, hatte das Büro der Teherani verlassen und ging stracks zu unserer Direktorin. Ihr Büro befand sich vis-à-vis des Büros der Teherani. Die Direktorin war eine mollige Frau um die vierzig und keinesfalls hübsch, nicht so hübsch jedenfalls wie die Teherani, die mir persönlich zwar gar nicht gefiel – die anderen fanden sie aber umwerfend. ‚Die muß man', Sie verzeihen", der Feine wandte sich wieder an mich, „‚die muß man *gefickt haben*', sagte der Rülpsende, also der besagte Prolet, es ging das Gerücht, daß die Teherani und die *Lawasani*, so hieß die Direktorin, miteinander nicht konnten. Ich unterließ es also nicht, nachdem ich der Lawasani mein Anliegen auseinandergelegt hatte, darauf hinzuweisen, daß die *Teherani* an allem schuld sei. ‚Wir haben vor Monaten bei Fräulein Teherani den großen Pausenhof für unser proletarisches Fest reserviert, und jetzt kommt der Sohn dieses Schweins von Kapitalisten und Wurstmagnaten mit seiner amerikanischen Band und wird krank. Und wir – sollen das Feld räumen? Ist das im Sinne – ich wollte schon sagen, ‚im Sinne der Revolution', die damals schön langsam in Gang kam, da fiel mir ein, daß die Lawasani als kaisertreu galt. Nicht zu Unrecht. Man hat sie unmittelbar nach der Revolution, sie und ihren Ehemann und ihre Töchter, vor ein Sondergericht für Pädagogen gestellt und erschossen, im übrigen unter dem Beifall", der Feine wandte sich an den Groben, „der Kommunisten und ihrer Medien, die jedes Todesurteil der Sondergerichte begrüßten, du weißt es, und immer mehr Todesurteile forderten, bis sie selbst dran waren. Ich wollte also sagen – nein, ich sagte tatsächlich: ‚Ist das im Sinne der Revolution?' ‚Nein', sagte die Lawasani, stand auf, verließ ihr Büro – und kam kurze Zeit später in Begleitung der Teherani zurück. Die Teherani war blaß. ‚Ihr könnt das Poesifest selbstverständlich am Donnerstag, am großen Pausenhof abhalten', sagte sie, und wollte noch etwas sagen, sagte aber nichts mehr und ging.

Ich begab mich auf die Suche nach den Kollegen vom Poesie-Club – es war der erste Tag des Projektunterrichts – und fand sie, einschließlich des Mädchens, bei einem Ökoprojekt auf der Suche nach Schnecken. Wir traten zu einer Sondersitzung zusammen, in unserem Sonderbüro, das uns die Teherani zur Verfügung gestellt hatte. Ich berichtete von meinem Auftritt bei der Teherani und der Lawasani, und wie ich die Teherani gezwungen hatte, unser Anrecht auf den großen Pausenhof zu bestätigen, wenn auch widerwillig, und daß ich mit meiner Intervention den Angriff von AC/DC, dieses Symbols des Kapitalismus und des Amerikanismus, auf den großen Pausenhof abgewehrt hätte.

Die Kameraden schwiegen und ich wunderte mich, daß sie schwiegen und nicht in Jubel ausbrachen. Kaum daß ich es dachte, passierte genau das: Einer nach dem anderen stand auf und äußerte seine Zustimmung, voller Enthusiasmus. Der Enthusiasmus steigerte sich und gipfelte bei der letzten Wortmeldung in eine Lobeshymne, die war mir aber peinlich. Nur das Mädchen sagte nichts.

‚Und du?', fragte ich, ‚Was meinst du?'

‚Ich bin dagegen.'

‚Wogegen?'

‚Daß wir das Poesiefest am großen Pausenhof abhalten. Die Teherani hat recht. Und AC/DC, ich meine die richtige Band, ist nicht amerikanisch, sondern australisch.'

Das Mädchen hatte mir noch nie widersprochen, oder sie hatte es schon, das heißt, sie widersprach mir fast immer, aber nicht in der Gegenwart der Kollegen vom Poesie-Club. Ich widersprach ihr meinerseits, sie wieder mir, und die Situation eskalierte. Keiner der anderen wagte es, für eine respektive einen von uns Partei zu ergreifen, ich stand schließlich auf und bedeutete dem Mädchen, mir nach draußen zu folgen, was sie – widerwillig – tat. Draußen vor der Tür wollte ich sie zur Rede stellen, sie war aber schneller, zumal ich fassungslos war, sie sagte dasselbe, was die Teherani auch schon gesagt hatte. Sollte das Fest im großen Pausenhof stattfinden, würde es umso mehr auffallen, wenn niemand käme. Sie sagte *niemand*, das werde ich niemals vergessen. Und daß wir, zweitens, wegen des Lärms nicht imstande sein würden, unsere eigenen Worte zu hören. Und daß wir uns, drittens, nur lächerlich und unbeliebt machen würden, wenn sich die Fans von Sam im kleinen Pausenhof gegenseitig auf die Füße treten würden, während wir den ganzen großen Pausenhof zur Verfügung haben würden – falls überhaupt jemand käme.

Ich hatte das Mädchen noch nie so erregt gesehen. Sie war rot im Gesicht, aber nicht aus Scham, wie es häufig der Fall war, jeder Satz, den sie sagte, erregte sie mehr – und sie beendete ihre Rede mit einer Drohung: Falls wir das Fest tatsächlich am Donnerstagabend und am großen Pausenhof abhalten sollten, würde sie der Veranstaltung fernbleiben und überhaupt aus dem Poesie-Club austreten. Mit Idioten wolle sie nichts zu tun haben, sagte sie und ging.

Ich stand da, wie ein Bewohner eines fernen Planeten, den man in das revolutionäre Teheran des Jahres 1978 gebeamt hat. Wir alle schauten, mit der größten Begeisterung, *Raumschiff Enterprise* und auf die Idee, die Serie als kapitalistisch, weil amerikanisch zu bezeichnen, wäre niemand gekommen. Dann schüttelte ich den Kopf, dachte: ‚Weiberei', und ging zurück in das Sonderbüro, um das weitere Vorgehen zu besprechen und mich feiern zu lassen.

Wir hielten unser Dichterfest Donnerstagabend im großen Pausenhof ab. AC/DC traten im kleinen Pausenhof auf und wie das Mädchen und die Teherani vorausgesagt hatten – und wie jeder Vernünftige, nicht poetisch-revolutionär Verblendete hätte wissen müssen – kamen die Massen zu Sams AC/DC, im kleinen Pausenhof, wo sie sich gegenseitig auf die Füße traten und uns verfluchten. Zu uns kamen, abgesehen von den Clubmitgliedern, nur drei, die einen Text für den Literaturwettbewerb eingereicht hatten. Die Verfasser der Siegertexte waren gar nicht gekommen, wahrscheinlich standen sie im kleinen Pausenhof, bei AC/DC.

Das Mädchen war nicht zum Poesiefest gekommen, und weil der Donnerstag der letzte Schultag war, und für sie und für mich – habe ich es gesagt? – der letzte Schultag des letzten Schuljahres, wußte ich nicht, wie ich sie kontaktieren sollte. Ich hatte nicht einmal ihre Nummer. Sie meine glaube ich schon. Ich hätte natürlich im Telefonbuch nachschauen und sie anrufen können ...", „Das wollte ich gerade sagen", sagte der Junge. „... fürchtete aber ihre aus dem Süden stammenden Eltern. Während der Ferien schrieb ich ihr Briefe an die Adresse der Buchhandlung und gab als Absender den *Club der toten Dichter* an. Das Mädchen antwortete nicht. Ich vermutete, daß ihre Eltern Verdacht geschöpft und die Briefe abgefangen haben.

Schräg vis-à-vis des Hauses, in dem sich die Buchhandlung der Eltern des Mädchens befand und dessen ersten Stock das Mädchen und ihre Eltern bewohnten, war ein Kiosk, wo man Zeitungen und Snacks kaufen konnte, Bücher, kalte und heiße Getränke. Im Sommer standen neben dem Kiosk Tische und Stühle, an denen aber nie jemand saß, und ich wurde, weil ich dem Mädchen auflauern wollte, der erste Gast dieses", der Feine wandte sich an mich, „*Schanigartens*. Ich saß dort Tag für Tag, stundenlang, als einziger Gast und versteckte, wie ich es aus Agentenfilmen kannte, mein Gesicht hinter der dunklen Sonnenbrille des Vaters aus den fünfziger Jahren und großformatigen Teheraner Zeitungen, von denen es täglich neue gab. So viele, daß sie der Kioskbesitzer auf dem Trottoir auflegen mußte.

In jenem Sommer waren die Zeitungen voll von Revolution und forderten Freiheit und soziale Reformen. Immer dreister wurden auch die Repräsentanten des Regimes kritisiert und oft diffamiert, wie jener nach der Revolution von den Klerikalen erschossene Kanzler, Gott habe ihn selig, dem sie unterstellten, er wäre Anhänger jener Glaubensgemeinschaft, die seit der Revolution in Teheran vom Klerus verfolgt wird. Wie jene Glaubensgemeinschaft seinerzeit in den Deutschsprachigen Bergen.

Mein Interesse an den Zeitungen und an der Revolution erleichterte das Sitzen im Schanigarten und das Warten, das mir peinlich war, weil ich mich genierte. Ich genierte mich vor dem Kioskbesitzer. Was mochte er sich über einen Achtzehnjährigen denken, dem in den Ferien nichts anderes einfiel, als täglich stundenlang in der Sonne zu sitzen, Zeitungen lesend und Coca Cola trinkend? Ich schämte mich vor dem Mädchen, falls sie mich entdecken sollte. Ohnehin wird sie mich irgendwann, aus dem Fenster schauend, entdeckt haben. Ich schämte mich vor den Anrainern der *Yachtschalstraße*, in der sich das Gymnasium, der Kiosk, die Buchhandlung und die Wohnung der Eltern des Mädchens befanden", der Feine wandte sich an mich, „*Yachtschal* heißt *Kühlschrank* – *Kühlschrankstraße* also. Ich schämte mich vor den Anrainern der Kühlschrankstraße, die hinter ihren Fenstern stehend, auf mich herabschauen mochten. In Wahrheit gab es niemanden, der an seinem Fenster gestanden und auf mich herabgeschaut hätte". Der Feine wandte sich wieder an mich: „Vor der Revolution war es in Teheran, im Unterschied zu den Deutschsprachigen Bergen, nicht üblich, sich an das Fenster zu stellen und auf die Straße zu schauen. Das änderte sich nach der Revolution. Weil Jungen und Mädchen keine Möglichkeit hatten, sich zu treffen und kennenzulernen. Es gab weder Diskotheken noch Partys, noch war es möglich, sich im Park zu treffen oder kennenzulernen. Das Kennenlernen wurde zum Problem. Und in den Jahren nach der Revolution war es üblich, daß sich die Jungen an das Fenster stellten und auf die Straße schauten und die Mädchen herbeipfiffen. Folgte ein Mädchen dem Pfiff, kam es zu einem kurzen Gespräch und es wurden, bevor die Sittenpatrouille auftauchen konnte, Telefonnummern ausgetauscht. Diese Praxis änderte sich erst", der Feine zeigte auf den Jungen, „mit dem Internet." Als wäre der Junge das Internet.

„Wie auch immer. Ich saß eine Woche lang, oder zwei, Tag für Tag in der Hitze. Allerdings ist die Hitze bei uns in Teheran", der Feine wandte sich an mich, „nicht schwül, wie bei uns in den Deutschsprachigen Bergen. Sondern trocken. Und leichter zu ertragen. Ich saß also Tag für Tag im Schanigarten, neben dem Kiosk, und las Zeitungen. Ich kaufte immer mehrere Zeitungen, weil mich alles, was in den Zeitungen stand, interessierte, so daß ich fürchtete, versunken in die Zeitungslektüre, das Mädchen nicht aus dem Haus treten zu sehen.

Dann passierte es. Das heißt, daß ich sie aus dem Haus treten sah. Sie hatte die Jeanshose an, die sie angehabt hatte, als ich auf der Bank gesessen und meine Wurstsemmel gegessen, und sie vor mir gestanden und gesagt hatte, sie schreibe Gedichte, und ob sie beitreten dürfe. Jene Jeanshose, deren Blau dunkler war und *fader* als die Jeanshosen der Mädchen aus Nord-Teheran. Und kaum daß sie aus dem Haus getreten war, saß sie schon auf dem Rücksitz eines Motorrads – und weg. Der Fahrer hatte einen Helm mit dunklem Visier, was in Teheran keine Selbstverständlichkeit ist, ich meine das Helmtragen, nicht das dunkle Visier. Es gab also einen anderen. Ich zahlte mein Cola und ging. Seither habe ich weder die Schule noch die Buchhandlung noch überhaupt die *Kühlschrankstraße* gesehen. Die Schule wurde übrigens nach der Revolution zugesperrt und beherbergte später eine religionspädagogische Anstalt.

Ich fuhr nach Hause und beschloß, das Dichten zu lassen, so sehr war das Dichten für mich mit dem Mädchen verknüpft respektive mit der Liebe zum Mädchen. Ich begann einen Brief an meine Kameraden vom Poesieclub, um ihnen meinen Austritt zu erklären, da fiel mir ein Vers aus dem Traktat ‚Instruktionen für alle Lebenslagen' ein, von *Antschenani*, einem Dichter des elften Jahrhunderts. Im Kapitel ‚Pubertät und junges Erwachsenenalter' heißt es:

Widerfährt ihm Liebesleid
Dann bricht er
Oder wird
Zum Dichter

und ich beschloß, *jetzt erst recht* – wie es anläßlich jener Präsidentschaftswahlen in den Deutschsprachigen Bergen heißen sollte – Dichter zu werden respektive zu bleiben. Da fiel mir ein anderes Werk Antschnanis ein, der neben den *Instruktionen* ein berüchtigtes Epos in Versen verfaßt hat, dessen Titel vom deutschen Übersetzer mit

Der Frauenhasser

irreführend übersetzt worden ist. Besser wäre:

Der von der Frauenkrankheit Erfaßte

Wie auch immer. ‚Der Frauenhasser' handelt von einem Teheraner Potentaten des neunten Jahrhunderts, der erfährt, daß seine Geliebte einen schwarzen Sklaven liebt, und beide, die Geliebte und den Sklaven, hinrichten läßt. Er nimmt eine andere Geliebte, die ihn wieder betrügt. Mit dem chinesischen Konditor am Hof.

Ihre Nachfolgerin betrügt ihn mit seinem syrischen Astronomen, die vierte wieder mit einem afrikanischen Sklaven. Und als er von der Affäre seiner fünften Geliebten mit dem sarazenischen Hofstallmeister erfährt, befiehlt er alle jungen Frauen Teherans einzufangen, ein Gehege neben seiner Residenz zu errichten, die Frauen in das Gehege zu sperren und wie wilde Tiere zu halten."

Die Augen des Groben begannen wieder zu leuchten, auch diesmal ohne daß das Leuchten das Grimmige in seinem Gesicht verdrängt hätte.

„Gelegentlich mußte ihm eine der Frauen zu Gefallen sein, die er jedoch beim geringsten Anzeichen von Unbotmäßigkeit hinrichten ließ. Eines Tages verliebte er sich in eines seiner Opfer, eine junge schöne Tscherkessin.

Ihre Schönheit raubte jedem
Den Verstand
Und die Ruhe
Jenem aber

gemeint ist der König,

Jenem aber
Brachte sie
Beides zurück

Der König behandelte die Tscherkessin immer liebevoller und menschenwürdiger, nicht wie das Tier, zu dem er sie und die anderen Frauen im Königreich Teheran gemacht hatte. Aber auch diese seine sechste Geliebte verliebte sich, wie nicht anders zu erwarten, in einen anderen – einen aus Griechenland stammenden, am Hof beschäftigten Waffenschmied. Der König selbst wurde Zeuge, wie die Tscherkessin und der Grieche sich küssten, zog – routiniert wie er im Töten seiner Frauen und ihrer Liebhaber war – sein Schwert, da bemerkte er, wie sehr ihn der Anblick der beiden sich Küssenden faszinierte, und beschloß, sie zunächst gewähren zu lassen und sie später zu töten. Das Schauspiel, das sie ihm boten, zog ihn mehr und mehr in den Bann, so daß er sie auch in den folgenden Nächten gewähren ließ. Schließlich mußte er einsehen, daß er den Anblick seiner Geliebten in den Armen eines anderen ungleich mehr genoß, als wenn er sie selbst liebte – und heiratete sie, unter der Bedingung, daß sie ihren Liebhaber auch als Königin beibehalten sollte, daß er sie aber, wann immer es ihm beliebte, beim Liebesakt beobachten würde. So lebten sie, der König, die Königin und der Grieche, glücklich und zufrieden bis ans Ende ihrer Tage.

Soweit *Der Frauenhasser*. Ich beschloß also Dichter zu werden respektive zu bleiben, statt wie Antschenani gesagt hatte, zu *brechen*, und um meine Wiedergeburt als Dichter gebührend zu begehen, eine Fortsetzung des Frauenhassers zu schreiben. Meine Fortsetzung des Frauenhassers war in Versen verfaßt, spielte aber in der Gegenwart, das heißt, in der damaligen, in den siebziger Jahren, in Teheran, und handelte von einem jungen, empfindsamen Revolutionär, der ein Mädchen aus Süd-Teheran liebt. Diese über alles geliebte Geliebte will ihn daran hindern, die Revolution auszuüben. Ich wußte allerdings nicht, warum sie ihm bei der Ausübung der Revolution im Weg stehen wollte. Die Varianten, die ich mir überlegte – sie sei wegen der Zugehörigkeit ihrer Eltern zur Oberschicht gegen die Revolution, oder sie hätte Angst, dem jungen Revolutionär könnte bei der Ausübung der Revolution etwas zustoßen – schienen mir zu banal. Davon abgesehen, daß ein Mädchen aus Süd-Teheran“, der Feine wandte sich an mich,

„wo die Unterschicht lebt, nicht gut aus Gründen der Zugehörigkeit ihrer Eltern zur Oberschicht gegen die Revolution sein kann. Eine dritte Variante fiel mir nicht ein und ich beschloß, die Passagen, in denen die Motive des Mädchens, dem jungen Revolutionär bei der Ausübung der Revolution im Weg stehen zu wollen, eine Rolle spielen könnten, zu überspringen – und mit jenen Passagen zu beginnen, in denen das Mädchen den Revolutionär, der die Revolution nicht und nicht lassen will, zugunsten des Sohnes eines Textilfabrikanten verläßt. Ein Verrat, der den empfindsamen Jungen mehr als er sich einzugestehen bereit ist, erschüttert. Bei diesen Passagen blieb es dann auch. Ich habe den zweiten Teil des Frauenhassers nie zu Ende geschrieben.

Der junge empfindsame Revolutionär ist erschüttert und kann nicht mehr schlafen, weil er das Mädchen sieht, sobald er die Augen schließt, wie sie auf das Motorrad steigt und mit dem Sohn des Textilfabrikanten davonfährt. Ich hatte also die Szene, die ich, im Schanigarten sitzend, gesehen hatte, in mein Versepos eingebaut. In Wahrheit wußte ich noch nicht, wer mir das Mädchen weggenommen hatte, im Frauenhasser hatte ich ihn aber, an Sam angelehnt, zum Sohn eines Textilfabrikanten gemacht.

Die Situation des jungen Revolutionärs wird unerträglich. Er hatte das Mädchen geopfert, um der Revolution zu dienen, jetzt war er dabei, die Revolution zu verlieren respektive der Revolution verloren zu gehen. Er konnte weder essen noch schlafen noch einen Gedanken fassen. Und wie soll ein Wrack der Revolution dienen können?

Mittlerweile war ich selber ein Wrack. Und mußte einsehen, daß man – entgegen der Aussage Antschenanis – wenn einem Liebesleid widerfährt, *sowohl* zum Dichter werden *als auch* brechen kann.

Aber zurück zum Frauenhasser: In den revolutionären Kreisen Teherans macht die Kunde, daß ein junger empfindsamer Revolutionär wegen einer Frauengeschichte der Revolution verloren zu gehen droht, die Runde. Eines Tages erscheint eine Abordnung eines Revolutionskomitees aus Süd-Teheran im Elternhaus unseres Jungen, um ihn zum Vorsitzenden des Komitees, einem alten weisen Revolutionär, zu begleiten, den ich – in Anlehnung an Antschenani – *Intschenini* genannt hatte.

Der Alte und der Junge gehen in eine von Revolutionären frequentierte Wirtschaft, wo sie eine Flasche *Hunde-Arak*, den Teheraner Schnaps aus Rosinen, zu trinken beginnen, Als sie besoffen sind sagt der Alte: ‚Du hast ein Pussyproblem'. *Pussyproblem*, eigentlich *Pussi-po-rob-lem*", der Feine wandte sich an mich, „war ein aus Amerika importierter, unter männlichen Intellektuellen in Teheran verbreiteter Ausdruck, vor allem bei Studenten und Gymnasiasten, für das Liebesleid eines Mannes und die Obszönität dieses Ausdrucks war ein Ausdruck der Solidarität mit dem männlichen Proletariat. *Pussyproblem* ist das Stichwort, auf das der Junge gewartet zu haben scheint. Wie eine Eiterbeule bricht sein Liebesleid auf. Er klagt. Und weint. ‚Die Frau mußt du holen', sagt der Alte. ‚Wir helfen dir'. Der Junge ist perplex respektive glaubt, der besoffene Alte scherze mit ihm. Als er bemerkt, daß der Alte es ernst meint, muß er lachen. ‚Wir sind doch Revolutionäre', sagt er, ‚und keine Banditen'.

Alles das sagen der Junge und der Alte natürlich in Versform. Die meisten Verse habe ich aber leider vergessen, und es gelingt mir, während ich erzähle, nur selten, sie in *deutsche* Verse zu übersetzen", der Feine wandte sich an mich, „so wie vorhin: *Dichter* und *bricht er*.

Zurück zum ‚Frauenhasser'. Der Alte sagt: ‚Ich sage dir was', und beginnt dem Jungen eine Predigt zu halten und am Ende der Predigt bricht mein Frauenhasser auch schon ab. Das wahre Ziel der Revolution, sagt der Alte, bestehe nicht in der Zerschlagung des Regimes, sondern in der Zerstörung der Moral. Vollendet sei die Revolution erst dann, wenn es gelinge, die bestehende Moral komplett zu zerstören. Und aus der Sicht der neuen, revolutionären Moral sei es ein Verbrechen, wenn ein junger Revolutionär glaube, wegen eines *Pussyproblems* der Revolution den Rücken kehren zu dürfen. Hingegen sei es nicht nur kein Verbrechen, sondern ein *Gebot der revolutionären Moral,* wenn", der Feine wandte sich an mich, „Sie verzeihen, ich zitiere nur aus dem Frauenhasser, wenn ein *hübsches Stück Arsch* entführt, seiner Freiheit beraubt und zu seinem Glück gezwungen würde. Der Ausdruck ‚Hübsches Stück Arsch' stammt wieder aus dem Amerikanischen, *a nice piece of ass,* und für das *hübsche Stück Arsch* gilt das gleiche", der Feine wandte sich wieder an mich, „was ich über *Pussy-po-rob-lem* gesagt habe.

Denn eines, sagt der Alte, sei klar: Das Mädchen liebe ohnehin nur ihn, den empfindsamen, jungen Revolutionär. Nur aus weiblichem Trotz habe sie sich dem Sohn des Textilschweins an den Hals geworfen. Ohnehin wüßte die Frau nicht, was sie wolle. Und sei nicht nur dem Mann, sondern auch sich selbst ein Geheimnis. Man müsse die Frauen zu ihrem Glück zwingen. Der revolutionäre Mann möge seine Frau in die Hand nehmen und ihr nichts durchgehen lassen. Und daß die Frau den Mann, der sie bezwinge und zähme – entgegen dem Nonsens, den die liberalen kaiserlichen Medien verbreiten –, dankbar sei, weil sie nur als Gezähmte glücklich sein könne, daß aber die Frau, deren Mann unfähig sei, sie zu zähmen, diesen versklaven würde oder zerstören.

Die Predigt des Alten – daran erinnere ich mich gut – endet mit den Versen:

Versuche sie also nicht zu verstehen
Wie soll das auch gehen?
Sie versteht sich ja selbst nicht.
Und bevor sie dich bricht
Komm zu Verstand
Und nimm ihr bitte das Heft aus der Hand

Du mußt sie bezwingen
Du mußt sie erzieh'n
Wir sind in Teheran
Und nicht in Berlin!

Trotz meiner Beschäftigung mit dem zweiten Teil des Frauenhassers war ich, wie schon gesagt, ein Wrack. Trotz oder gerade weil: Die Arbeit am Frauenhasser hatte meine Sehnsucht und meinen Hass und mein Bedürfnis nach Rache, statt sie zu besänftigen, überhaupt erst entfacht. Und nur die dramatische Zuspitzung der Revolution lenkte mich von meinem Liebesleid ein wenig ab. Es war die Zeit als der Kaiser Teheran verließ. Wenig später brach das Regime zusammen und wir hatten gesiegt. Unmittelbar nach dem Sieg der Revolution begannen aber die Klerikalen ihre MitstreiterInnen eine nach der anderen kalt zu stellen. Die Liberalen und die Bürgerlichen, die Nationalreligiösen und die Religionsmarxisten. Und die Kommunisten. Als erste mußten die Frauen daran glauben. Obwohl sie respektive viele von ihnen Seite an Seite mit den Männern für die Revolution gekämpft und gesiegt hatten. Einen Monat nachdem wir den Kaiser verjagt hatten, brachte das *Komitee für Frauen und Sittengefährdung* mehrere Erlässe heraus, die teils strenge, teils kuriose Bekleidungsvorschriften für Frauen enthielten. Den Teheranerinnen waren nur schwarze, blaue oder graue Kleider erlaubt. Über Braun wurde lange und heftig debattiert. Nicht nur im Komitee, auch im Revolutionsrat. Nach dem plötzlichen Ableben zweier säkularer Mitglieder des Revolutionsrats wurde Braun aber abgelehnt. Und die Haare müssen die Teheranerinnen entweder kurz oder hochgesteckt tragen. Blonde Haare sind verboten, aber nicht den Männern. Bei uns, in Teheran", der Feine wandte sich wieder an mich, „sind, entgegen einer weit verbreiteten Vorstellung in den Deutschsprachigen Bergen, blonde Haare gar nicht so selten, wie bei Ihnen zum Beispiel."

„Zu mir", sagte ich im Tonfall jener, die über ein Unrecht klagen oder über ein Unglück, „sagen sie hier, in der Deutschsprachigen Provinz, *semmelblond.*"

„Nach Bekanntwerden der Erlässe", sagte der Feine, „gingen hunderttausende Teheranerinnen auf die Straße, um zu protestieren. Sie skandierten:

Keine Bekleidungs-Fad-ess-e!
Wir pfeifen auf eure Er-lässe!

Als ich die Frauen-Demo im Fernsehen sah – die Medien waren noch nicht gleichgeschaltet – mußte ich an das Mädchen denken. Das heißt, daß ich ohnehin ständig an das Mädchen gedacht hatte, und mein Studium an der Schöngeistigen Fakultät der Universität, das ich im letzten Herbst unter dem Kaiser begonnen hatte, war mir, wie man in der Provinz hier gesagt haben würde, ganz *Blunz'n.* Daß das Mädchen an der Frauen-Demo teilgenommen haben mußte, stand für mich außer Zweifel. Wie alle in unserer Klasse hatte sie sich als Revolutionärin gefühlt, ausgenommen Sam und jenen, *den Rülpsenden* genannten Proleten. Wir waren zusammen, das Mädchen und ich, bei allen Demonstrationen, hatten – unter Lebensgefahr, wie wir glaubten – Flugblätter verteilt und so weiter. Als ich die Frauen-Demo im Fernsehen sah, wurde mein Liebesleid *unerträglich.* Ich beschloß ihr zu schreiben und weil sie vorgehabt hatte, mit Beginn ihres Studiums aus dem Elternhaus auszuziehen, sah ich im Telefonbuch nach – und fand ihre neue Adresse.

Ich wollte ihr alles, was einem jungen, empfindsamen Revolutionär, der mitten in der Revolution von seinem Mädchen verraten wird, durch den Kopf geht, *schonungslos* mitteilen. Da hatte ich eine Idee und beschloß, ihr gar nicht zu schreiben. Ich stand auf, nahm das unfertige Manuskript meines Frauenhassers zur Hand, ging in ein Fotokopiergeschäft, ließ es kopieren und schickte die Kopie an die Adresse des Mädchens. Die Verse, die ich Ihnen vorhin", der Feine wandte sich wieder an mich, „ins Deutsche übersetzte, hatte ich mit Leuchtstift markiert:

Versuche sie also nicht zu verstehen
Wie soll das auch gehen?
Sie versteht sich ja selbst nicht.
Und bevor sie dich bricht
Komm zu Verstand
Und nimm ihr bitte das Heft aus der Hand

Du mußt sie bezwingen
Du mußt sie erzieh'n
Wir sind in Teheran
Und nicht in Berlin!

Wie wunderte ich mich, als ich, nach nicht einmal einer Woche, tausende unrasierte respektive schnauzbärtige Männer im Fernsehen einen Vers aus meinem *Frauenhasser* rezitieren hörte, als handelte es sich um eine Parole:

Du mußt sie bezwingen!
Du mußt sie erzieh'n!

Wir sind in Teheran!
Und nicht in Berlin!

Es handelte sich um eine Gegen-Demo von religiösen Faschisten, die sich gegen eine Demo von Schülerinnen richtete, die ebenfalls gegen die Bekleidungs-Erlässe protestiert hatten – diesmal vor dem Gebäude der nationalen Fernsehanstalt. Obwohl es sehr kalt war, hatten die Schülerinnen sich die Schuhe ausgezogen. Teheran liegt", der Feine wandte sich wieder an mich, „am Fuße des Elbursgebirges, und im Gegensatz zu den Vorstellungen der Menschen hier, in den Deutschsprachigen Bergen, sind in Teheran die Winter sehr kalt.

„Wir hatten im Winter oft schneefrei", sekundierte der Junge.

Der Grobe fuhr fort, voller Grimm, abwechselnd auf den Feinen zu schauen respektive am Feinen vorbei in die Luft.

„Trotz des Winters hatten die Schülerinnen die Schuhe ausgezogen, weil der neue, vom Führer der Revolution installierte Fernsehdirektor wenige Tage zuvor den berühmten Satz gesagt hatte, er fühle sich ausschließlich den *Bloßfüßigen* verpflichtet, und niemandem sonst.

Ich schweife ab. Als Dichter hatte ich ja vor, berühmt zu werden. Wozu dichtet man sonst? Aber nicht anläßlich einer Demo von Unrasierten und Schnauzbärtigen gegen Frauenrechte. Woher, fragte ich, kamen diese Unrasierten und Schnauzbärtigen auf einmal her? Aus *unserem* Teheran sicherlich nicht. Genau genommen war ich gar nicht berühmt. Die unrasierte", der Feine wandte sich an mich, „Sie verzeihen, *Bagage* hatte ja bloß den Vers skandiert, ohne mich als dessen Verfasser, zu nennen. An jenem Tag wurden die meinen Vers skandierenden Unrasierten und Schnauzbärtigen oft im Fernsehen gezeigt, und auch an den folgenden Tagen, so daß mein Vers bald in aller Munde war – vor allem bei den pubertierenden Jugendlichen von Teheran wurde er in weiterer Folge sehr populär, die ein *Begrüßungsritual* daraus machten: Der erste Jugendliche schlägt mit der Handfläche seiner erhobenen Rechten, wie beim amerikanischen *High Five*, auf die Handfläche der ebenfalls erhobenen Rechten des anderen und sagt:

Du mußt sie bezwingen!

Woraufhin der zweite Jugendliche seine Linke erhebt und auf die, nun ebenfalls erhobene, Linke des Ersten schlägt und sagt:

Du mußt sie erzieh'n!

Woraufhin der Erste wiederum seine Rechte erhebt, auf die, nun ebenfalls erhobene, Rechte des Zweiten schlägt und sagt:

Wir sind in Teheran!

Wonach der Zweite wieder seine Linke erhebt und auf die ebenfalls erhobene Linke des Ersten schlägt und sagt:

Und nicht in Berlin!

Daraufhin brechen beide in schallendes Gelächter aus, das oft gekünstelt wirkt, gelegentlich aber durchaus authentisch."

Der Junge hatte, während der Feine das Begrüßungsritual beschrieb, mehrmals enthusiastisch genickt, der Grobe nur einmal und widerwillig, beide schienen das Ritual zu kennen.

„Daß die Schnauzbärtigen und Unrasierten meinen Vers rezitierten, wunderte mich, weil nur ich von dem Vers wußte, nicht einmal die Kollegen vom Poesieclub wußten davon, mit denen ich kaum noch verkehrte. Nur ich – und das Mädchen. Also mußte das Mädchen den Vers an die religiösen", der Feine wandte sich wieder an mich, „Sie verzeihen, *Idioten* weitergegeben haben, was ich mir aber nicht vorstellen konnte. Das Mädchen war alles andere als eine religiöse Idiotin. Auch ihre Eltern nicht. Zwar stammten ihre Eltern aus dem Süden Teherans, und waren konservativ, wie gesagt, aber weder religiös noch Idioten. Immer hatten sie mich vor der Revolution und der *Oberflächlichkeit der Politik*, wie sie sagten, gewarnt. ‚There is nothing as practical as a good theory', hatte die Mutter gesagt, die Amerikanistik studiert hatte, und der Vater, Teheraner Altphilologe, hatte zugestimmt: ‚Ohne Theorie führt diese Revolution in den Abgrund'. Das Mädchen konnte es nicht gewesen sein – sie *mußte* es aber gewesen sein, niemand außer ihr und mir hatte das Manuskript je gesehen. Außer das Manuskript wäre ohne ihr Wissen respektive gegen ihren Willen in andere Hände geraten. Aber in so kurzer Zeit?

Es war sechs Tage her, daß ich dem Mädchen meinen Frauenhasser geschickt hatte. Sollte sie geantwortet haben, könnte ihre Antwort schon da sein, sagte ich mir und ging zum Briefkasten, wo mich die zweite Überraschung erwartete. Ich hatte einen Brief – allerdings von Sam. Er entschuldigte sich beim ‚lieben, hochverehrten Kollegen', daß er sich so lange nicht gemeldet hätte. Das wunderte mich. Wir waren niemals Freunde gewesen, ich verachtete ihn wegen seines Vaters. Und AC/DC. Er wäre ein Bewunderer meiner Dichtung, schrieb er. Das wunderte mich noch mehr. Während der Schulzeit hätte er es nicht gewagt, zu sagen, wie sehr er jene in der *Beschaulichkeit* publizierte Stelle meines Jahreszeitengedichtes bewundern würde:

Bald kommt der Frühling
Dann sind wir frei
Nicht ewig währt die Tyrannei,

die er als den Auftakt zu ‚unserer Revolution' bezeichnete. Das wunderte mich am meisten. Weil Sam die Revolution, die er, wie wir alle, für eine proletarische hielt, immer verächtlich gemacht hatte. ‚Ihr *Weicheier*', Sie verzeihen", der Feine wandte sich an mich, „ich zitiere nur Sam, ‚Ihr Weicheier!, Eure Revolution bringt die ganze Proleten-Bagage aus Süd-Teheran an die Macht – und dann habt Ihr nichts mehr zu lachen, ihr Salon-Revoluzzer'. Nachdem er nun einige Verse meines, wie er schrieb, *genialen* Frauenhassers lesen hätte dürfen, könne er mit seiner Bewunderung nicht mehr an sich halten. Vor allem der Vers

Du mußt sie bezwingen!
Du mußt sie erzieh'n!
und so weiter

hätte es ihm angetan, und in seiner Eigenschaft als Vorsitzender der ‚Vereinigung zur Förderung der revolutionären Frömmigkeit revolutionärer Männer' hätte er es sich erlaubt, dem Vorstand derselben den Vorschlag zu machen, diesen Vers als *Parole* für eine – von jener Vereinigung initiierten – Demonstration revolutionärer Männer ‚gegen Kundgebungen privilegierter, vom Ausland gesteuerter Frauen der amerikanisch orientierten Oberschicht' zu verwenden. Der Vorschlag sei angenommen worden, und *Lawasani*, der erwähnte Direktor des Teheraner Rundfunks, den Sam als ‚Freund der Familie' bezeichnete, hätte zugesagt, ‚deine Parole zur besten Sendezeit auszustrahlen, um der schrillen Propaganda der Imperialisten, die *sonore männliche Stimme Teherans* entgegenzusetzen. Wenn mir darüber hinaus gelungen sein sollte, dir im ganzen Teheran zur Berühmtheit zu verhelfen, wäre mir das eine Ehre. Und ich wäre glücklich, wenn du mir erlaubst, alles in meiner Macht stehende zu tun, um dich noch berühmter zu machen'.

Mir schwirrte der Kopf und ich war absurderweise geschmeichelt, obwohl mir die *Vereinigung der revolutionären Frommen* mitnichten zur Berühmtheit verholfen hatte – niemand hatte, wie gesagt, meinen Namen genannt –, aber wie kam Sam, Antirevolutionär und Sohn eines Wurstfabrikanten, zu den Revolutionären Frommen respektive das Manuskript meines Frauenhassers zu Sam respektive Sam zu dem Mädchen?

‚Du wirst dich fragen, wie ich zu deinen Versen gekommen bin. Meine Frau hat sie mir zum Lesen gegeben – sie sagte: ‚Lies mal, das ist was für dich'. Ich brauchte Minuten, ich schwöre es, bis ich kapierte, daß mit *meiner* Frau natürlich das Mädchen gemeint war, und als ich es endlich kapierte … keine Angst, ich werde uns mit der Beschreibung von *Seelenzuständen* nicht langweilen. Es ging mir, wie es einem Zwanzigjährigen halt geht, den sein Mädchen ohne Abschied und Erklärung verläßt, und der erfährt, daß sie geheiratet hat. Nicht irgendwen, sondern seinen *Klassenfeind* – im doppelten Sinne des Wortes. Um es komplizierter zu machen, ist der Verlassene ein unbekannter, junger Dichter und der Klassenfeind macht ihm das Angebot, ihn berühmt zu machen.

‚In den wenigen Zeilen, die meine Frau mir gezeigt hat – mehr wollte sie mir nicht zeigen, so sehr ich sie darum bat – habe ich eine tiefe *Verwandtschaft* zu den Prinzipien und Idealen von uns Revolutionären Frommen entdeckt.' Und weil er vermute, daß es von solchen Versen mehr gebe, schlage er, ‚zur Besprechung unserer Zusammenarbeit zu beiderseitigem Nutzen', ein Treffen im *Naderi* vor, einem alten Künstlercafé in Teheran-Mitte.

Ich beschloß, den Brief zu vernichten. Dann, ihn an die ‚Proletarische Volksfront' zu schicken, eine Guerilla-Truppe, die auf Anschläge auf klerikale Faschisten spezialisiert war – ein paar von der Volksfront kannten wir ja", der Feine warf dem Groben einen Blick zu der schaute aber wieder, am Feinen vorbei, in die Luft, „schließlich beschloß ich, es selbst zu erledigen. Zu dem Treffen, das Sam vorgeschlagen hatte, zu gehen, und ihn zu töten.

Sobald ich den Beschluß gefaßt hatte, fühlte ich mich frei. Es war der schönste Moment. Alles, was mich geplagt hatte, schien nie existiert zu haben – die Sache mit Mutter", der Feine wandte sich an den Groben, der grimmig nickte, „die Geschichte mit dem Mädchen, der Konflikt mit dem Vater, und daß ich dünn war und unsportlich und Brillenträger und die Zweifel, ob meine Dichtung es wert war – und das Private verschmolz mit der Enttäuschung über unsere Revolution, die längst nicht mehr unsere war, und um ehrlich zu sein, war sie niemals die unsere, sondern von Anfang an die Revolution der religiösen Faschisten. Das Persönliche verschmolz mit der Enttäuschung über die Revolution zu einer üblen, wie man hier in der Deutschsprachigen Provinz gesagt haben würde, *Melange*, die meine Dichterseele vergiftete und der Entschluß zu töten war das Gegengift.

Ich hatte mich aber trotz der ganzen Revolution nie mit dem Töten beschäftigt. Bei der Revolution hatte es zwar Tote gegeben, das eigentliche Töten kam aber später. Auch kannte ich niemanden, der sich mit dem Töten auskannte, d.h. ich kannte ein paar von der Volksfront, aber nicht so gut, daß ich mich ihnen anvertrauen hätte können. Ich mußte mir selbst helfen. Zuerst dachte ich an einen Revolver. Weil ich aber in praktischen Dingen ungeschickt bin, noch ein Bestandteil jener üblen *Melange*, und den Umgang mit dem Revolver erst lernen hätte müssen, den Sam aber *so schnell als möglich* töten wollte – der Gedanke ihn *nicht* so schnell als möglich zu töten, hätte ich nicht zu ertragen vermocht –, mußte ich auf den Revolver verzichten. Vergiften schien mir zu weiblich, Erwürgen kam, weil Sam kräftiger war, nicht in Frage. Blieb das Messer. Ich entschied mich für das Messer, das die Eltern aus Japan mitgebracht hatten und das Mutter – erinnert ihr euch? – ‚mein bestes Stück' nannte. Ich wollte ihm das Messer ein paar Mal direkt ins Herz stechen, dann müßte er tot sein. Und ich hätte genug Zeit, um zu fliehen. Es war mir klar, daß meine Chancen, nach dem Mord davonzukommen, gleich Null waren. Aber das ließ mich kalt. Sollte ich doch davonkommen, wollte ich nach Japan. Warum gerade Japan, weiß ich nicht mehr. Wegen des Messers wahrscheinlich. In Japan wollte ich Japanisch studieren, und die Werke klassischer, japanischer Dichter ins Teheranische übersetzen. Ich schrieb Sam, daß ich ihn gerne treffen wollte, und schlug einen Termin vor, den er wenig später bestätigte.

An einem kalten, sonnigen Tag, Ende März, betrat ich zur vereinbarten Zeit das *Naderi*, zum ersten Mal übrigens. Das Messer befand sich in einer alten Schultasche, die ich auch als Student noch benützte. Ich schaute mich um, Sam war nirgends zu sehen – bis ein Mann mit Vollbart von einem Tisch aufstand, zu mir kam und mich überschwenglich begrüßte und mir die Wangen küsste. Es war Sam. Sams Bart irritierte mich – so sehr, daß ich meinen Plan, ihn zu töten, vergaß. Ich begrüßte ihn meinerseits. Wir setzten uns.

Sam begann zu reden, ich weiß nicht mehr was, da fiel mir wieder meine Absicht ein, ihn zu töten. Ich öffnete die Tasche, zog das Messer und tötete ihn mit mehreren –". „Was?", rief der Junge. Die Gäste in der Deutschsprachigen Gemütlichkeit drehten sich um. Der Feine lachte. „Nein. Ich zückte das Messer, richtete es auf Sam und wollte es in seine Brust rammen – da schien auf einmal der Raum zwischen meiner Faust und Sams Brust nicht mehr aus Luft zu bestehen, sondern aus einem Medium, das weich war, wie *Nivea-Crème*, aber immer härter wurde – in diesem Medium bewegte sich das Messer wie in Zeitlupe, bis die Messerspitze Sams Brust erreicht hatte, genauer einen Punkt unterhalb seines Brustbeins. Ich hatte in Mutters Anatomiebüchern", der Feine wandte sich wieder an mich, „Mutter hatte eine Zeit lang Medizin studiert, sich aber dann für Montanistik entschieden, ich hatte in einem von Mutters Anatomiebüchern nachgeschaut und wußte, daß man das Messer, wenn man das Herz treffen will, von einem Punkt unterhalb des Brustbeins aus, schräg nach oben stechen muß. Diesen Punkt unterhalb von Sams Brustbein hatte die Messerspitze also erreicht und berührte ihn, ich konnte das Messer aber nicht weiterbewegen – das Medium schien jetzt steinhart.

Sam hatte mir zugesehen, ganz entspannt, wie mir schien, und fragte: ‚Was führst du auf?' Da erschien ein dicker gemütlicher Kellner, vom Akzent her Armenier, und wollte ebenfalls wissen, was los war.

‚Wir sind Künstler', sagte Sam, ‚vom Theater. Schauspieler. Wir proben eine Szene, in der ein Dichter seinen Förderer umbringen will'.

‚Und warum will er seinen Förderer umbringen?'

‚Weil er Dichter ist', sagte Sam. Der Kellner lachte und servierte ihm eine Kaffeetasse, in der sich – wie mir Sam sogleich mitteilte – kein Kaffee befand, sondern Schnaps.

‚Du trinkst Schnaps?'

Sam nahm die Klinge vorsichtig zwischen die Finger und entzog mir das Messer. Das Medium zwischen mir und ihm hatte sich in Luft aufgelöst. Ich öffnete die Faust. Ohne Widerstand.

‚Klar', sagte Sam, ‚weißt du's nicht mehr?'

‚Doch', sagte ich.

In der Schule galt Sam schon mit sechzehn als trinkfest. Ich hingegen hatte noch nie Alkohol konsumiert.

‚Doch. Aber du bist jetzt der Vorsitzende der Revolutionären Frommen'.

‚Ich nicht mehr', sagte er, ‚aber du'.

Das Messer hatte Sam auf den Tisch gelegt, neben die Kaffeetasse mit dem Schnaps. Als er sagte, er wäre nicht mehr Chef der Revolutionären Frommen, sondern ich, fiel mir wieder ein, daß ich gekommen war, ihn zu töten. Ich langte nach dem Griff des japanischen Messers. Sam packte mich am Handgelenk.

‚Du gehörst jetzt zu uns.'

‚Wem uns ...?'

‚Uns Revolutionären Frommen.'

Die Revolutionären Frommen waren eine Vorfeld-Organisation der Blauen. Man hatte Sam angeboten, Generalsekretär bei den Blauen zu werden, so daß der Posten des Vorsitzenden der Revolutionären Frommen jetzt frei war. Kurz vor unserem Treffen hatte Sam den Vorstand seiner Frommen über seine Berufung zum General der Blauen unterrichtet – und mich als seinen Nachfolger vorgeschlagen.

‚Ich sagte, du bist der Bruder mit der Frauen-Bezwinger-Parole und sie waren begeistert.'

‚Du spinnst', sagte ich.

Sam lächelte und begann mir meine Aufgaben als Vorsitzender der Frommen auseinanderzulegen, wobei er fortfuhr, meine rechte Hand festzuhalten, die jetzt wieder den Griff des japanischen Messers umfaßt hielt. Auf einmal hörte ich mich brüllen: ‚Was hast du mit dem Mädchen gemacht?'

Es war das erste Mal, daß ich in Sams Gesicht – nicht Angst, aber Irritation sah respektive Sorge.

- Ich ... geheiratet habe ich.

Der dicke, vom Akzent her armenische Kellner war wieder da, und zwinkerte uns zu: ‚Weiß schon – Liebesdrama', und servierte auch mir eine Kaffeetasse Schnaps.

Sam hob seine Kaffeetasse. ‚Auf die Revolution', sagte er. Ich stieß reflexartig an, sagte aber nichts. Um anzustoßen verwendeten wir beide die Linke, weil ich mit der Rechten den Griff des japanischen Messers umfaßt hielt und Sam mit seiner Rechten mein Handgelenk. Unsere Arme überkreuzten sich. Sam sagte etwas über die *Lawasani*, unsere Schuldirektorin, die erschossen worden war. Und dann: ‚Wir haben', er meinte seine Revolutionären Frommen und überhaupt die religiösen Faschisten, ‚wir haben keine Intelligenz'. ‚Intelligenz'", der Feine wandte sich an den Jungen, „so wie man ‚russische Intelligenz' sagt, also Intellektuelle. Aber daß die Religiösen keine Intelligenz haben, gilt natürlich im doppelten Sinn. Die Religiösen hätten in ihren Reihen keine Intellektuellen und wären auf der Suche nach solchen in anderen politischen Lagern, um sie abzuwerben. Ich wunderte mich. Daß er so freimütig sprach. Ich sollte mich noch mehr wundern. ‚Und du', sagte er, ‚bist überhaupt der wichtigste. Was wäre die Revolution ohne die revolutionären Parolen, und daß die Parolen nicht vom Himmel fallen, brauche ich dir nicht zu erzählen'.

Ich hatte mich schon immer gefragt, wer die revolutionären Parolen erfindet, so wie man sich fragt, wer die Witze erfindet. Die Parolen würden nicht vom Himmel fallen, sagte der Sam, ‚und weil alle Teheraner Dichter sind, brauchen wir den besten aller Dichter', Sam hob die Kaffeetasse und der Kellner brachte ihm eine neue, ich selbst hatte erst einen winzigen Schluck aus der Tasse genommen, den ersten Schluck Alkohol meines Lebens,

‚und weil die Teheraner alle Dichter sind', sagte Sam, ‚brauchen wir den besten der Besten. Denn die Parolen, die müssen sitzen'".

„Er wollte einen *Kackl* aus dir machen“, sagte der Junge. Und mußte lachen. Und als er den fragenden Blick des Groben bemerkte: „Du weißt schon, der *Kackl.* Der schmierige Reimer der Faschisten, hier in der Deutschsprachigen Provinz.“

„So was in der Art“, sagte der Feine. „Er meinte, ich hätte ohnehin keine Wahl, als mich auf die Seite der religiösen Faschisten zu schlagen. Denn früher oder später, sagte er, und schlug, wie soll ich sagen, einen verschwörerischen Ton an, früher oder später würden die religiösen Faschisten alle anderen *liquidieren.*

‚Und das Mädchen?‘, fragte ich, ‚was ist mit dem Mädchen?‘ Sam senkte den Kopf. Es wäre ein Fehler gewesen, sie zu heiraten. Er liebe sie nicht, nicht mehr, und sie habe ihn wahrscheinlich niemals geliebt, und ihn nur wegen dieses Streits im Poesieclub geheiratet.

„Die haben mit neunzehn geheiratet?“, fragte der Junge.

„Sam war älter. Er ist einmal sitzengeblieben oder zweimal, ich weiß es nicht mehr. Aber mit neunzehn oder zwanzig zu heiraten, war im Teheran der siebziger Jahre tatsächlich nicht üblich. Zumindest in der Mittelschicht nicht. Weil aber die Eltern des Mädchens aus dem Süden stammten und konservativ waren, mußten sie heiraten, wenn sie zusammen bleiben wollten. Sam sprach abwechselnd über die Politik und die Poesie und die Liebe, Dinge, die ihn nie interessiert hatten, und stellte mir weitere Posten in den Organisationen der religiösen Faschisten in Aussicht. Es wunderte mich, daß die religiösen Faschisten so kurz nach dem Sieg ihrer Revolution über so viele Strukturen und Organisationen verfügten. Vor allem wolle er mich, ‚unseren Dichter‘, wie er mich nannte, berühmt machen. Was die Liebe betrifft, hätten das Mädchen und er sich am Anfang leidenschaftlich geliebt, was zu seiner Aussage, das Mädchen hätte ihn *niemals* geliebt, in krassem Widerspruch stand. Meine Hand verkrampfte sich um den Griff des japanischen Messers, aber die Leidenschaft sei, wie es in der Liebe so wäre, rasch verflogen."

An dieser Stelle hätte Sam ein Gedicht rezitiert, über das Verfliegen der Leidenschaft in der Liebe, das in Teheran bekannt sei. Das heißt, daß der Feine das von Sam rezitierte Gedicht für mich in *deutsche Verse* übersetzte. Ich bedankte mich höflich, erinnere mich aber nur an ein Bruchstück:

Erst Vulkan
Dann Balkan

Balkan, dessen zweite Silbe, so der Feine, in der Sprache Teherans betont werde, *Balkán*, stünde in Teheran wie in den Deutschsprachigen Bergen für *Elend.*

„Ein Gedicht zu rezitieren schaute Sam, wie man hier, in der Provinz, gesagt haben würde, nicht ähnlich und überhaupt schien er in seinem Wesen verändert. Während er das Gedicht rezitierte, schaute er in die Luft und ich betrachtete seinen Wuschelkopf und seinen Bart und dachte, daß er mit dem Wuschelkopf und dem Bart aussah wie ein Teheraner

Wuschelkopf-Hippie. Dann wieder, daß er mit dem Hemd, das er bis oben zugeknöpft hatte, und dem Bart und dem dunkelbraunen Sakko und ohne Krawatte, aussah wie ein religiöser Faschist. Dann wieder wie ein Wuschelkopf-Hippie, dann wie ein religiöser Faschist, Wuschelkopf-Hippie – religiöser Faschist – Wuschelkopf-Hippie – religiöser Faschist und so weiter.

Dieses

Wuschelkopf-Hippie – religiöser-Faschist usw. …

versetzte mich in eine Trance, diese muß Sam ausgenützt haben, um das Messer verschwinden zu lassen. Als ich zu mir kam, war es jedenfalls verschwunden, und im weiteren Verlauf des Gesprächs machte er weitere Versuche, mich zu überreden, mit ihm und seinen religiösen Faschisten zu kooperieren, um berühmt zu werden und so weiter. Die Aussicht, berühmt zu werden, reizte mich zwar und zwar sehr. Aber ich machte ihm klar, daß ich mich den Faschisten, mochte unsere Revolution auch gescheitert sein, niemals anschließen würde. Ich stand auf. Dann setzte ich mich, um zu fragen, wie ausgerechnet *er* zu den Revolutionären Frommen gekommen war – statt zu fragen, wie ausgerechnet *er* zu dem Mädchen gekommen war respektive das Mädchen zu ihm. Wo sie doch in der Schulzeit nie mit ihm gesprochen haben wollte.

‚Es ist uns – meiner Familie und mir – nichts anderes übrig geblieben', sagte Sam, ‚Vater war ein Vertrauter des Kaisers, das hat jeder gewußt, und Wurstlieferant der Armee, die Schwester der Kaiserin war die Freundin der Mutter und so weiter. Als uns klar war, daß der Kaiser gehen wird, flog Vater zusammen mit anderen Großindustriellen zum Führer der Klerikalen, damals im Exil in Chicago, um sich ihm öffentlich zu unterwerfen – der Verräter".

„*Der Verräter* sagte wer?", fragte der Junge, „Du?"

„Nein, Sam. Und ich wunderte mich, daß er so freimütig sprach.

‚Am Tag nach seiner Rückkehr aus Chicago', sagte Sam, ‚rief mich Vater zu sich und erklärte: *Wir müssen religiös werden.* So als würde er sagen: *Wir müssen expandieren oder nach Amerika exportieren. Wie soll das gehen*?, fragte ich.' Im Gästezimmer wartete ein Geistlicher. Sam und sein Vater mußten das Glaubensbekenntnis der Religion Teherans aufsagen und ein revolutionärer Frommer zeichnete alles auf Video auf. Sam erklärte mir dann das Glaubensbekenntnis, als wäre ich nicht Teheraner, sondern Amerikaner oder ein Bewohner der Deutschsprachigen Berge: ‚Du weißt schon, diese Formel in der Sprache Arabiens, die ohnehin kein Schwein in Teheran versteht, mit diesen ganzen O's und L's und Gott und die ganze Scheiße".

„Gott und die ganze Scheiße' sagte wer?", fragte der Junge, „Du?".

„Nein, Sam", sagte der Feine, „Und ich wunderte mich – ",

„ – daß er so freimütig sprach", sagte der Junge.

„ – und fragte ihn, wie er als Vorsitzender der Revolutionären Frommen ‚Gott und die ganze Scheiße' sagen und Schnaps trinken konnte. Es sei ihm, sagte er, während er das Glaubensbekenntnis aufgesagt hätte, etwas passiert. ‚Auf einmal ist ... es ist mir ... peinlich.' Er senkte den Kopf und schien sich tatsächlich zu schämen. Ich hatte den Sam noch nie sich schämen gesehen, Scham und Sam, das paßte überhaupt nicht zusammen. ‚Auf einmal spürte ich in meinem Bauch so ein Ding', er zeigte auf eine Stelle unterhalb des Brustbeins, jene Stelle, welche die Spitze meines japanischen Messers berührt hatte, ‚so etwas ... Kompaktes. Und dieses Kompakte stieg mir zum Hals hinauf und steckte dort fest, und wurde dann, ich weiß nicht mehr wie, zu einer *Stimme*. Keine Stimme des Gewissens oder so, sondern meine eigene Stimme verwandelte sich – in diese Stimme in meinem Bauch".

„Ein Bauchredner", sagte der Junge. Und versuchte zu lachen.

„Und da erst wurde mir klar, daß sich seine Stimme tatsächlich verändert hatte. Und ich fragte ihn – wohl um das Unheimliche zu überspielen – noch einmal, wie er als revolutionärer Frommer ‚Gott und die ganze Scheiße' sagen und Schnaps trinken konnte. Er sei *ungläubig* aufgewachsen, sagte er. Dennoch hätte er sich vor dem Gott der Religion Teherans schon immer gefürchtet. Als Kind sei er in der Nacht aufgewacht, und habe sich nicht weiterzuschlafen getraut. Er hätte von der Hölle geträumt, und daß er gefoltert werde, und wann immer er später Wein oder Bier oder Schnaps konsumiert oder ein Mädchen, Sie verzeihen, gevögelt hätte, habe ihn das Gewissen geplagt, obwohl er, bevor er das Glaubensbekenntnis aufgesagt hätte, weder an Gott, noch an den Teufel geglaubt hätte, noch an die Strafen der Hölle. Er hätte sich aber immer gefragt, ob Gott, der Teufel und die Strafen der Hölle nicht auch dann funktionieren könnten, wenn man *nicht* an sie glaube.

Seitdem aber jene Stimme von ihm Besitz ergriffen hätte, wäre er ein anderer. Er spräche, wann immer er mit der Stimme spräche mit der Stimme des Glaubens, und spräche er mit der *Stimme des Glaubens*, wären ihm seltsamerweise der Gott und die Religion Teherans, wie man hier, in der Provinz, gesagt haben würde, *ganz Blunz'n*. Mit dieser Stimme des Glaubens hätte er vor nichts und niemandem Angst, auch vor Gott nicht. Mich wunderte nicht mehr, daß ihn mein Versuch, ihn zu töten, kalt gelassen hatte. Und mit dieser Stimme des Glaubens wäre ihm möglich, was ihm als Ungläubiger undenkbar schien: Auf Gott zu scheißen. ‚Ich habe zum Beispiel überhaupt kein Problem, aufzustehen', er stand auf, ‚und hier in der Öffentlichkeit

Gott ist Scheiße

zu rufen'. Das tat er ein paar Mal und jedesmal lauter bis er fast brüllte.

Der armenische Kellner kam, mit einem Lächeln, in dem sich Amüsement und Verlegenheit mischten. ‚Ich weiß schon – ein blasphemisches Stück. Aber, bitte, leise. Wir haben jetzt schließlich die Klerikalrepublik'.

Sam nickte und leerte im Stehen seine Kaffeetasse Schnaps. ‚Ich muß jetzt. Ins Hauptquartier'. Und indem er mir seine Karte mit seiner neuen Funktion als General der Blauen überreichte, lud er mich zum Abendessen ein. ‚Meine Frau würde sich freuen' – und wieder wollte sich meine Hand um das Messer verkrampfen, wegen der Art wie er *meine Frau* gesagt hatte, aber das Messer war, wie ich jetzt erst bemerkte, verschwunden.

Wenige Tage nach dem Treffen im Naderi machte ich mich auf den Weg zum Sam. Daß ich bis zum Schluß nicht sicher war, ob ich hingehen soll, brauche ich nicht zu erzählen, mit *Seelenzuständen* wollen wir uns nicht aufhalten, nur soviel: Ich ging wegen des Mädchens zum Sam, das ich aber eigentlich nicht sehen wollte. Sams Villa, das heißt die Villa, die ihm sein Vater geschenkt hatte, in *Elahiyeh*, im Norden von Nord-Teheran, dem *Viertel der Götter*. Ich hatte den Bus genommen, das letzte Stück ging ich zu Fuß einen Hügel hinauf. Es war früher Abend und kalt, aber in meiner Erinnerung ist ein weißes, blendendes Licht, das mit dem Weiß der Villa verschmilzt, so daß die Villa fast unsichtbar ist.

Das Gartentor erinnerte an ein Gartentor im alten London und paßte nicht zu der Gartenmauer aus Beton. Ich läutete. Die Stimme aus der Gegensprechanlage sagte: ‚Herein!', aber das Tor blieb verschlossen. Schließlich kletterte ich über die Mauer, die nicht hoch war, es war mehr ein Überspringen als ein Klettern. Der Garten war länglich und schmal und die hohen, dichten Bäume verbargen die benachbarten Villen, sofern es sie gab. Ich kam zu einer Türe aus Holz, und läutete wieder. Diesmal passierte nichts. Ich wartete und läutete – wieder nichts – und drückte die Türklinke, die übrigens aus Gold war. Die Türe war offen und ich betrat, ohne nachzudenken, einen Salon voller Stilmöbel. Über einem Wandspiegel brannte ein kleines Licht. ‚Ist da wer?', fragte ich, und kam mir vor, wie in einem dieser Filme von Hitchcock. Auf einmal versank ich in einem Fauteuil, kann mich aber an den Moment des *Hinsetzens* gar nicht erinnern. Ich saß, und das Versinken ging weiter, und als eine Stimme ‚Tut mir leid', sagte, immer noch weiter – es war die Stimme des Mädchens. Ich war weder erstaunt noch erfreut noch hatte ich sonst ein Gefühl *whatsoever*, so wie der Führer der religiösen Faschisten, als er von seinem Exil nach Teheran zurückflog, ‚Nichts' sagte, als man ihn fragte, was er denn fühle. Das Mädchen saß neben mir, auch sie in einem Fauteuil. Wir saßen nebeneinander ohne uns anzusehen, wie im Kino.

‚Tut mir leid', sagte das Mädchen,

Und ich: ‚Macht nichts'.

Gut möglich, daß auch aus mir schon ein anderer sprach, wie aus Sam.

‚Ich war wütend', sagte das Mädchen,.

‚Und Sam? Wo ist Sam?'

‚Und dann ... es gab kein Zurück.'

‚Kein Zurück …'

Und sie: ‚ Er ist da.'

Und ich: ‚Wer?'

Und sie: ‚Sam. Er beobachtet uns'.

Da hörte ich ein Geräusch, es schien von hinten zu kommen, aber ich war mir nicht sicher. Das Mädchen stand auf, stand da, und fixierte einen Punkt am Ende des Raumes, wo in der Halbdunkelheit eine Türe war. Dann begann sie sich zu drehen, sehr langsam, und legte die Finger, als sei sie unschlüssig, auf die Lippen. Dann leckte sie sich ihre Finger und bückte sich. Das kann sie nicht sein, dachte ich, aber sie war es. Außer daß die Haare jetzt kurz waren, hatte sich überhaupt nichts verändert, sie bückte sich also, halb von mir abgewandt, und sagte:

‚Du kannst mich haben'

‚Ich kann dich … Und Sam?'

‚Ich bin aber Jungfrau …'

‚Wo ist Sam?'

‚... und will es bleiben'

‚Und Sam?'

‚Er ist da. Er beobachtet uns.'

Ich stand auf und wollte das Mädchen und Sam und die Villa verlassen, da warf sie sich vor mir auf den Boden. Ich versank wieder im Fauteuil respektive in eine Trance, aus der mich erst die Stimme des Mädchens herausriß, sie sagte: ‚Bitte', ich sah in ihre Augen hinunter, sie lag noch am Boden und hatte auch jetzt kein Gefühl, *whatsoever*, was mich wunderte, wo ich doch jung und Dichter und Revolutionär war. In den Augen des Mädchens war Angst. Sie zeigte auf die Türe am anderen Ende des Raumes und sagte: ‚Du kannst mich haben', stand auf, auch ich wollte aufstehen, aber sie sagte:

‚Bleib sitzen', und zeigte wieder auf jene Tür. ‚Ich gehe vor. Wenn du mich von innen an die Tür klopfen hörst, zähl bis zehn – und komm nach.'

Das Mädchen verschwand in der Tiefe des Raumes. Bald waren hinter der Türe Geräusche zu hören, Schritte, vielleicht Stimmen, dann das Klopfzeichen. Ich zählte bis zehn und stand auf. Das Versunkensein hatte mich schwindlig gemacht, bei der Tür angelangt, zögerte ich aber nicht, sie zu öffnen – und betrat ein Zimmer, das noch dunkler war, ich konnte nichts sehen. Auf einmal stolperte ich und kam auf etwas mehr oder weniger Weichem zu liegen. Es war das Mädchen, das wohl auf dem Bauch im Bett lag, ich auf ihr. Sie griff mit ihren Armen nach hinten, hielt mich fest und bewegte meinen Körper, so wie man einen Gegenstand bewegt – daß sie so kräftig war, wunderte mich – und lenkte mich, so daß ich sie

... ", der Feine hustete, „so daß ich sie *haben konnte*, aber so, daß sie ihre Jungfräulichkeit nicht verlor, ihr versteht, was ich meine. Und während ich sie hatte", der Feine hustete und hob sein leeres Glas Bier, „merkte ich, daß es nicht das Mädchen war.

Ich meine, es war überhaupt keine Frau, sondern ... wie soll ich sagen, ein Mann."

Der Junge, der mir auf einmal sehr blaß schien, stand auf und ging, wie ich annahm, aufs Klo. Als er zurückkam, war er noch blasser. „War das alles?", fragte der Grobe. „Ich gestehe", sagte der Feine und hustete wieder, „daß ich nicht aufhören konnte ... ich meine, ich konnte, obwohl ich bemerkt hatte, daß es ein Mann war, nicht aufhören, ihn *zu haben* – wie es das Mädchen gesagt hatte."

„Und weiter?", fragte der Grobe. „Als ich mit dem Mädchen fertig war", sagte der Feine und hustete, immer heftiger, „das heißt mit dem Mann, zwang ich mich, aufzustehen. Es war, als würde ich mich selbst aus einem Traum herausreißen. Inzwischen hatten sich meine Augen an das Dunkel gewöhnt, aber es fiel mir nicht ein, das Mädchen, das heißt den Mann, zur Rede zu stellen. Ich stand auf und lief aus der Villa. Ich habe das Mädchen nie wieder gesehen. Und daß Sam an jenem Abend schon tot war, erfuhr ich erst später".

„Das war's?", fragte der Grobe, „Und Sam – hast du nie mehr gesehen?"

„Ich sag ja, daß er schon tot war. Ein Anschlag. Drei Tage vor jenem Abend. Hab's aber erst später erfahren."

„Die Volksfront war's nicht", sagte der Grobe, „dein Freund ..."

„Er war nicht mein Freund ... "

„Habe eher die Blauen im Verdacht. Es gab diesen Machtkampf zwischen

... ", Es fielen Namen, an die ich mich nicht mehr erinnere, „Wie auch immer. Schade um ihn. Talentierter Mann – ", der Grobe unterbrach sich und schaute aus halb zugekniffenen Augen argwöhnisch auf den Feinen: „Hast du nicht gestanden, daß du bei den Blauen warst?"

„Ich habe bei den Blauen einen Reitkurs gemacht, du weißt schon, in der ehemaligen Hofreitschule – des Kaisers. Das war alles. Und lange nach der Ermordung von Sam. So einen Reitkurs kann jeder belegen, der den Kursbeitrag zahlen kann."

„Es bleibt mir also nichts übrig, als dich freizusprechen. Und die Sitzung für beendet zu erklären", der Grobe seufzte. Offenbar spielte er in diesem Verfahren den Richter – und schien dessen Ausgang sehr zu bedauern. Dann wandte er sich an mich: „Wir sind bei dieser Art Gerichtsbarkeit auf die Aussagen des Angeklagten angewiesen respektive auf die Schlüsse, die wir aus diesen Aussagen ziehen. Weitere Untersuchungen sind weder vorgesehen noch möglich. Ein Freispruch bedeutet nicht in jedem Fall, daß der Angeklagte auch unschuldig ist."

Ich fragte mich, was mich das alles anging. Und es fiel mir ein, daß ich die Brüder wegen ihrer Freundlichkeit in die Deutschsprachige Gemütlichkeit begleitet hatte. Und um ihnen eine Frage zu stellen. Aber womöglich war ich mit den Brüdern nur mitgegangen, um nicht der Frau zu begegnen, die – den Kopf an die Landhausmauer gelehnt – von den Politikern in Teheran gesprochen hatte. Wie konnte ich aber in der Deutschsprachigen Gemütlichkeit neben den Brüdern sitzend, von der Existenz jener Frau überhaupt wissen? Hätte ich ihr doch nur dann begegnen und von ihr wissen können, wenn ich den Brüdern *nicht* begegnet und sie *nicht* in die Deutschsprachige Gemütlichkeit begleitet hätte.

„Ich bin überzeugt", sagte der Grobe, noch immer zu mir, „daß mein Bruder sich nach dem Sieg der wahren Revolution vor einem ordentlichen Gericht verantworten wird müssen. Er steht immerhin im Verdacht, über die Vermittlung Sam Aschtianis mit dem Regime kollaboriert und Verbrechen begangen zu haben. Unter anderem soll er bei Schauprozessen Geständnisse verfaßt haben. Auf andere belastende Gerüchte will ich nicht eingehen – und erkläre die Sitzung definitiv ... "

„Einspruch“ sagte der Junge, „dieser Mann, den Kambis *hatte*, war ... ein politischer Häftling“.

Die Lippen des Feinen öffneten sich, er schien aber so überrascht, daß er schwieg. Der Grobe schüttelte, immer noch grimmig, den Kopf. Draußen dämmerte es. An den anderen Tischen der Deutschsprachigen Gemütlichkeit, an denen inzwischen lauter Teheraner Platz genommen hatten, war es still.

„Ich muß etwas sagen“, sagte der Junge, „das habe ich niemandem gesagt, auch den Eltern nicht. Gott habe sie selig. Ich war, etwa ein Jahr nach dem Sieg der Revolution, mit zwei Kameraden in den Straßen, auf der Suche nach Büchern“.

Seit er aufgestanden und, wie ich annahm, aufs Klo gegeangen war, war der Junge nicht mehr der freundliche nette Junge von vorhin auf der Straße.

„Nach dem Sieg der Revolution waren die unter dem Kaiser verbotenen Bücher *überall auf den Straßen*. Und wenn ich sage: überall auf den Straßen, meine ich es wörtlich. Ich weiß nicht, wo die Bücher auf den Trottoirs alle herkamen, Teheran lag – Monate lang – im Buchfieber, auch die Kameraden und ich. Wir gingen an den unendlich vielen, auf den Trottoirs liegenden Büchern entlang – da fiel mir ein Buch auf, mit dem Bild einer Eule – und ich wußte sofort, es ist ‚Die Blinde Eule‘ von *Hedayat*, ein Roman, den Vater liebte und ihn immer, Gott habe ihn selig, zitierte: ‚Es gibt Wunden im Leben, die dem Aussatz gleich‘ und so weiter. Unter dem Kaiser war ‚Die Eule‘ aber gar nicht verboten, unter den Klerikern aber schon, nicht allerdings in den ersten Jahren nach der Revolution. Vater besaß, auch wenn er ständig daraus zitierte, kein Exemplar von dem Buch, und auch ich hatte ‚Die Eule' weder gesehen noch gelesen. Ich sah also ‚Die Blinde Eule' und langte zu, und auch die Kameraden nahmen je ein Buch. Der Buchhändler, der wie ein Türsteher aussah, fragte, ob wir Geld hätten – keiner von uns war älter als siebzehn –, wir bejahten und er: ‚Ich hätte etwas für euch.' Wir folgten ihm in einen Laden, auf der anderen Seite der Straße. Der Türsteher, ein bulliger Typ, führte uns in ein Hinterzimmer voller pornografischer Magazine und Bücher, die mich nicht interessierten, die beiden anderen aber schon. In einer Ecke fand ich ein paar wenige, nicht-pornografische Bücher, großteils von *Freud*. Vater liebte den Freud, mehr als den Hedayat, obwohl Mutter ihn hasste. Als wir mit der Revolution kamen, sagte er: ‚Wir brauchen keine Revolution, sondern Freud. Er soll kommen', dabei faltete er wie die Anhänger der Religion Teherans die Hände und blickte nach oben und zeigte mit dem Finger gen Himmel ‚er soll kommen und unser neurotisches Elend in gemeines Unglück verwandeln.'

Auf einmal standen vier weitere Personen im Zimmer. Ein Mann in der Klerikerrobe sowie drei Blaue. Die Blauen nahmen meinen Kameraden ihre pornografischen Hefte und mir die ‚Drei Abandlungen zur Sexualtheorie' von Freud aus der Hand. Ich kannte die Blauen damals noch nicht, aber es fiel mir auf, daß sie blaue Jeanshemden trugen und nicht älter sein konnten als meine Kameraden und ich. Der Blaue, der mir die ‚Abhandlungen' aus der Hand genommen hatte, las laut – und feierlich – den Titel und den Namen des Autors:

Drei Abhandlungen zur Sexualtheorie,
Sigmund Freud

Der Geistliche, der abseits gestanden war, kam näher, nahm dem Blauen die Abhandlungen aus der Hand und sagte, er kenne das

Buch. Während seines Studiums der Theologie im Süden von Süd-Teheran hätte er auch Freud und andere Philosophen studiert. Ich wußte von Vater, der oft und gern über Freud sprach, daß Freud kein Philosoph, sondern Arzt war, das sagte ich auch, was den Geistlichen überraschte, ich war ja erst siebzehn. Er überging meinen Einwand und sagte, ich hingegen sollte in meinem Alter keine pornografischen Bücher studieren. Ich sagte, daß Freud alles mögliche sei, aber kein Pornograf. Ich war ein vorlauter, altkluger Junge. Der Geistliche schien verärgert, schlug das Buch auf, um eine bestimmte Stelle zu suchen, die er auch fand und laut vorlas. Ich habe die Stelle später immer wieder gelesen und kann sie inzwischen auswendig:

‚Die Ärzte, welche die Perversionen studieren, sind geneigt, ihnen den Charakter der Degeneration zuzusprechen. Indes ist es leicht, dies abzulehnen. Bei keinem Gesunden dürfte ein pervers zu nennender Zusatz zum normalen Sexualziel fehlen, und diese Allgemeinheit genügt, um die *Unzweckmäßigkeit einer vorwurfsvollen Verwendung des Namens Perversion* darzutun'.

‚Psychoanalyse', sagte der Geistliche, ‚ist die Schule der Perversion' und daß die Psychoanalytiker unter dem Kaiser wie die Pilze aus dem Boden geschossen wären und von den Amerikanern den Auftrag hätten, die Perversionen in Teheran zu fördern. Lege sich ein Teheraner auf die Couch, werde er hypnotisiert und zur Perversion und einem Leben voller Partys, Drogen und Sex animiert. Der Geistliche hatte eine sonore Stimme. Während er sprach sang er beinahe, vor allem als er den Freud zitierte oder, besser gesagt, rezitierte und betonte Worte wie *Pilze*, *Perversion* oder Partys. Seine Hände machten seltsame, zum Teil geschwungene, zum Teil ausladende Bewegungen, zum Teil verschlungene, die Blauen, der bullige Buchhändler und die Kameraden lauschten mit offenen

Mündern. Hätte er nicht Theologie studiert, dachte ich, hätte er vielleicht im Film oder als Sänger an der Teheraner Oper Karriere gemacht.

Als er fertig war, sagte ich: ‚Sie irren'. Daß ich altklug und vorlaut war, sagte ich schon. In der Schule hatte ich einen Redewettbewerb gewonnen und liebte es, Autoritäten zu widersprechen, vor allem hatten mich die Eltern als Ungläubigen erzogen und als solcher wollte ich mir von einem Pfaffen nichts vormachen lassen. Zumal in Gegenwart der Kameraden und schon gar nicht, wenn es um Freud ging, den Vater so liebte. Ich erklärte, daß es in Teheran tausende Psychologen und Psychiater gäbe und Psychotherapeuten – Analytiker aber nur einen, einen Lacanisten in Nord-Teheran, der später flüchten mußte, nach Buenos Aires natürlich, und daß die Perversionen und die Partys folglich Geschöpfe seiner, des Geistlichen, Phantasie wären.

Die Hände des Geistlichen machten eine komplizierte Bewegung, als wäre er eine Frau mit ausladenden, aber abnehmbaren Brustprothesen, die sie – respektive er – packte und ruckartig abnahm. Dann öffnete er den Mund als wollte er etwas sagen, auf einmal drehte er sich von mir weg, ging zu einem der Blauen und flüsterte ihm etwas ins Ohr. Der packte mich an den Schultern und schob mich mithilfe seiner Kollegen aus der Buchhandlung. Man verband mir die Augen, ich wurde an den Händen gefesselt, in ein Auto bugsiert – und weg.

Es war dunkel, als sie mir die Augenbinde abnahmen und mich von den Fesseln befreiten. Die beiden Blauen, die mich auf dem Rücksitz flankiert hatten – der dritte war am Steuer gesessen –, zerrten mich aus dem Auto, stiegen wieder ein und fuhren davon. Die Landschaft, in die sie mich hineingestellt hatten, schien nicht Teheran zu sein, und hätten die Menschen dort nicht die Sprache Teherans gesprochen, ich hätte geglaubt, ich wäre in Kanada. Ich stand auf einer Wiese, vor mir eine Hügellandschaft, die teils aus kahlen Hügeln bestand – wie es sich später, bei Tageslicht, herausstellen sollte –, teils aus grünen, mit Tannen und Föhren. Ich drehte mich um. Etwas tiefer war eine Ansammlung flacher Gebäude zu sehen, die an die Campus von Universitäten erinnerte. Von dort her war Musik zu hören, die ich nicht einordnen konnte. Weder handelte es sich um klassische noch um moderne westliche, noch um Musik aus Teheran. Zwischen den Gebäuden waren allerlei Lichter, als fände dort unten ein Fest statt. Ich schaute in den Himmel hinauf – auch der war ein anderer als der über Teheran, ich hatte Sterne noch nie so leuchten gesehen und im Licht der Sterne schienen sich die Lichter von unten zu spiegeln.

Von der Wiese führten Stufen hinunter zu einem Sportplatz, einem Basketballfeld, umgeben von niedrigen Häusern – Speise- und Schlafsälen, wie sie mir später erklärten – und weitere Stufen vom Sportplatz zu einem Asphaltweg zwischen Föhren und Tannen. Ich gelangte zu einer anderen Wiese in einem Park. Der Abend war lau. An den Bäumen hingen Glühbirnen und Laternen, links von der Wiese war ein modernes Gebäude, ein Veranstaltungssaal – *Amphitheater* genannt, wie sie mir später erklärten. Auf der Wiese standen Klappstühle, auf denen Mädchen und Jungen saßen, die aussahen wie Mädchen und Jungen im Teheran der siebziger Jahre, zum Teil wie Hippies, keineswegs wie religiöse Faschisten. Die Atmosphäre war wie bei einem Happening, aber feierlich. Alle sprachen und schauten zugleich auf einen leuchtenden Kubus, eine Art Leinwand, auf dem sich Formen und Farben im Rhythmus einer Musik ineinander verschoben.

Ich setzte mich auf einen Klappstuhl. Irgendwann setzte sich ein Mädchen neben mich oder sie war schon dort, als ich mich hingesetzt hatte, und ich hatte sie in der Halbdunkelheit nicht bemerkt.

‚Was ist das hier?', fragte ich. Das Mädchen, das offenbar annahm, meine Frage würde sich auf die Darbietung auf dem Kubus beziehen, nahm einen Zettel zur Hand und begann vorzulesen:

‚Reflektorische Farblichtspiele: Der von Kurt Schwerdtfeger, einem Bildhauer am Weimarer Bauhaus konstruierte Lichtspielapparat besteht aus einer Anzahl dimmbarer Scheinwerfer, Farbfiltern und Masken in geometrischen Grundformen. Masken und Filter werden vor die Scheinwerfer geschoben, welche ebenfalls auf einem Gestänge beweglich angebracht sind …'

‚Und warum bist du hier?'
‚Wegen Freud.'
‚Wegen Freud … ich wegen Marx.'
‚Und – was ist das hier überhaupt?'
‚Das hier? Ein Lagerversuch.'
‚Ein Lagerversuch?'
‚Lagerversuch, wie es zum Beispiel Schulversuche gibt. Ein Umerziehungslager. Aber ein besonderes. Wir haben Glück. Hier experimentieren die Reformer unter den religiösen Faschisten – die religiösen Avantgardisten, wie sie sich nennen – mit reformpädagogischen und ganzheitlichen Methoden der Umerziehung von jungen, oder größtenteils jungen, politisch irregeleiteten Menschen. Wie du und ich. So dumm sind die religiösen Faschisten nämlich nicht, wie wir glauben.'
‚Eh nicht', sagte ich. Oder hätte ich gesagt, hätten wir uns auf Deutsch unterhalten und nicht in der Sprache Teherans und hätte ich schon damals den Provinzdialekt der Deutschsprachigen Berge gesprochen, wie jetzt.

Nach der Vorstellung spazierten das Mädchen und ich durch den Park, es war warm, wir legten uns auf eine Wiese. Das Mädchen gab mir einen *Joint* und erklärte, daß es im Lager weder Umerzieher noch Aufseher gäbe, nur Inhaftierte. Aber Inhaftierte sei nicht das richtige Wort. Man könne das Lager, wann immer man wolle, verlassen, aber die Konsequenzen dieses Verlassens seien nicht klar. Es hieße, daß man, wenn man das Lager verlasse und untertauche, mit Repressalien gegen Angehörige und Freunde rechnen müsse, werde man von den Faschisten aufgegriffen, komme man in ein gewöhnliches Lager.

‚Das will aber niemand', sagte das Mädchen.

Ich fragte, wie das mit der Umerziehung ohne Umerzieher funktionierte, und woher man denn überhaupt wüßte, daß das Ziel die Umerziehung sei. Diese Fragen schienen das Mädchen zu irritieren, das im übrigen hübsch war. Seit ihrer Ankunft hätten ihr alle gesagt, das Lager sei ein Umerziehungslager der reformierten religiösen Faschisten, niemand hätte das je hinterfragt. Wie aber eine Umerziehung ohne Umerzieher funktionieren sollte, hätte sie sich selbst schon gefragt. Und warum die Faschisten sich das überhaupt antaten. Wenn sie schon ein Umerziehungslager errichteten, und Menschen in dieses verschleppten, warum sollte es dort keine Umerzieher geben? Sollten sich aber, entgegen dem äußeren Anschein, sehr wohl Umerzieher im Lager befinden, sagte das Mädchen, also als Inhaftierte getarnte Spione, warum dann der Aufwand, die Umerzieher zu tarnen, wo doch jeder wüßte, daß er sich in einem Umerziehungslager der religiösen Faschisten befinde?

Die Umerziehung könnte aber auch ohne Umerzieher funktionieren, überlegte das Mädchen. Gelegentlich würden einzelne Lagerbewohner *Zertifikate* erhalten, die sie für berechtigt erklärten, das Lager jederzeit zu verlassen. Daß manche die Zertifikate erhielten, andere aber nicht, könnte man als Hinweis auf das Eintreten eines *Umerziehungseffektes* interpretieren, der den Erhalt des Zertifikats zur Folge hätte. Im übrigen drohten einem die

Zertifikate für den Fall politischer Aktivitäten nach der Entlassung mit der Einweisung in die berüchtigte ...", der Junge nannte den Namen einer Anstalt, den habe ich aber vergessen.

„Allerdings sei der Zusammenhang zwischen dem Erhalt des Zertifikats und einem – den Erfolg der Umerziehung belegenden – Verhalten des Inhaftierten in der Regel nicht klar. Immerhin schienen dem Erhalt des Zertifikats mitunter Äußerungen des Betroffenen vorauszugehen, die – oft aber nur im weitesten Sinn – auf seine Bekehrung zum religiösen Faschismus schließen ließen respektive zur Religion Teherans. ‚So gesehen', sagte das Mädchen, ‚müssen die Faschisten von den Äußerungen, die sie als Ausdruck einer Bekehrung interpretieren, irgendwie erfahren – also gibt es doch Spione. Oder sie verschicken die Zertifikate ganz willkürlich.'

Wir standen auf und spazierten wieder durch den Park, der in Terrassen angelegt war, auf der höchsten wußte ich nicht, ob wir uns im noch Park befanden oder in der Kanada-Landschaft. Mir war schwindlig. Im Lager, erklärte das Mädchen – mir war schwindlig und ich spürte eine Art Euphorie, ich wollte nach ihrer Hand greifen, tat es dann aber doch nicht – im Lager, erklärte das Mädchen, hätte das Jahr drei Epochen. Wir befänden uns in der ersten, ‚Kirschblüte' genannten. Jede Epoche hätte ein Leitthema, das aktuelle lautete ‚Wege aus der Moderne'.

Der Lagerbetrieb war dem einer Universität nachempfunden. Es gab eine Unzahl Veranstaltungen – Seminare, Vorlesungen, Praktika, Privatissima. Aber auch Kurse, in denen man Instrumente lernen konnte, zum Teil ganz ausgefallene, wie das *Clavycytherium*, das *Colascione* – ein historisches Zupfinstrument aus Unteritalien – oder die *Tromba marina*, in den Deutschsprachigen Bergen *Trumscheit* oder *Nonnengeige* genannt. Wer wollte, konnte auch das Bauen dieser Instrumente erlernen und andere Dinge wie Töpfern, Tontechnik, Tischlerei, die Kunst des Marionettentheaters und so weiter. Es gab eine Filmwerkstatt, die sie damals gerade aufbauten. Später wurden dort die besten der international beachteten Filme Teherans gedreht. Es gab Werkstätten für Kunsthandwerk, Kraftfahrzeugtechnik, Kalligraphie, eine ‚Schule der Dichtung', Zeitungen, Tanz-und Theaterwerkstätten. Man konnte Malerei, Bildhauerei, Videokunst oder Fotografie studieren sowie diverse Sportarten.

Wie diese Aktivitäten in eine Bekehrung münden oder zu einer Umerziehung führen sollten, war mir nicht klar. Einer der Lagerbewohner, ein junger Dozent der Sprachwissenschaft, ein *Schlaksiger*, wie man in der Provinz hier gesagt haben würde, hatte eine Theorie, ‚Die Theorie des *Parvis*' genannt. Parvis war eben jener junge Dozent, auf den ich eifersüchtig war, denn das Mädchen, sie hieß übrigens *Nika*, nannte ihn ‚mein Freund'. Nika und der Dozent verbrachten viel Zeit miteinander und es war Nika, die mir, soweit ich mich erinnere, die Theorie des Parvis erklärte.

Die Theorie des Parvis besagte, daß nicht die Lehrveranstaltungen als solche in eine Bekehrung münden oder zu einer Umerziehung führen würden, sie wurden ja von den Inhaftierten selbst geplant und gestaltet – sondern die Tatsache, daß man im Lager studieren und musizieren und leben und lieben konnte, wie es einem gefiel, beeindruckte die Inhaftierten und es käme zu einem *Umdenkprozeß*. ‚Gar so übel', würden die Inhaftierten sich denken, ‚gar so übel kann der religiöse Faschismus nicht sein, wenn er seine Feinde so behandelt wie uns', und: ‚Am Ende ist der religiöse Faschismus gar kein Faschismus'. Und nach der Entlassung könnte man sich dafür engagieren, ganz Teheran in ein Umerziehungslager der religiösen Faschisten zu verwandeln.

Manche im Lager verwarfen die Theorie des Dozenten respektive hielten sie für zu flach. Diese Kritiker teilten sich in zwei

Gruppen. Die eine stellte den Umerziehungscharakter des Lagers gänzlich in Frage, ohne angeben zu können, welchem Zweck das Lager sonst dienen sollte. Womöglich, so die Vertreter der ersten Gruppe, wüßten nicht einmal die Faschisten, warum sie ihre Gegner in ein Lager verschleppten, um ihnen dort ein erfülltes, sorgenfreies Leben zu ermöglichen.

Für das Wohlbefinden im Lager war tatsächlich gesorgt. Es gab mehrere Wohlfahrtskommissionen, eine Art Lagerbehörde, die sich um die Bedürfnisse der Bewohner kümmerte. Ernährung, Wohnung, Bekleidung und so weiter, alles was in Teheran zu beschaffen war – gelegentlich kaufte man auch im Ausland –, Zigaretten, Kaffee, Kaugummis, Computer, Kondome, Bücher und Zeitschriften, Einrichtungsgegenstände, Hifi- und TV-Geräte, auch Unterlagen für Seminare und Kurse, bis hin zu jenen ausgefallenen Instrumenten – die Kommissionen besorgten fast alles.

Eigentlich taten die Kommissionen nichts anderes, als die Bedürfnisse der Bewohner aufzulisten und die Listen an der sogenannten *Schleuse* abzugeben. Die Güter wurden dann von den religiösen Faschisten besorgt und – wiederum über die Schleuse – ins Lager geliefert. Mit der Zeit, erklärte mir das Mädchen, hätte sich ein Schema ergeben. Die Kommissionen deponierten die Listen nachmittags in der Schleuse, die Faschisten lieferten in der Nacht, so daß es zwischen den Bewohnern und den Faschisten zu keiner Begegnung kam.

Warum es für die Erstellung der Listen und für ihre Abgabe an der Schleuse des ganzen komplexen Verwaltungsapparats der Kommissionen bedurfte, konnte mir niemand erklären. Es handelte sich womöglich, wie man in den Deutschsprachigen Bergen zu sagen pflegt, um *Beschäftigungstherapie*.

Die Schleuse war eine Garagenhalle, die eine lange Ziegelsteinmauer im Süden des Lagers durchbrach. Eines der Garagentore öffnete sich zum Lager hin, das andere, gegenüberliegende nach außen. Die Mauer umschloß im übrigen nicht das ganze Lagerareal, sondern eben nur jenen ‚Süden'. Ich erfuhr – ich glaube von Nika –, daß sich das Lager innerhalb eines Sperrgebiets im Norden von Nord-Teheran befand. Lagerfremde Personen durften das Sperrgebiet nicht betreten, hingegen durften die Lagerbewohner die Grenze zwischen dem Lager und dem Sperrgebiet, wann immer sie wollten – und wenn sie denn wollten –, passieren, nicht aber die Grenze zwischen dem Sperrgebiet und Teheran als solchem.

Aber zurück zu den Theorien des Parvis respektive zu seinen Kritikern respektive zur ersten Gruppe seiner Kritiker, die behaupteten, daß womöglich nicht einmal die Faschisten es wüßten, wozu sie das Lager errichtet hätten – daher wäre es müßig, sich darüber als Inhaftierter den Kopf zu zerbrechen. Vielmehr sollte man als Inhaftierter die Freiheit im Lager genießen, so lange es ginge, statt über Dinge zu spekulieren über die es keine Gewissheit geben könne und so weiter.

Die zweite Gruppe der Kritiker war zwar ebenfalls der Meinung, daß der Zweck des Lagers die Umerziehung sei respektive die Bekehrung, meinte aber, keiner der Lagerinsassen könne so dumm sein – und Parvis selbst sei das beste Beispiel dafür –, das vermeintliche Kalkül der Faschisten *nicht* zu durchschauen. Auch die Faschisten selbst, meinte jene Gruppe der Kritiker, könnten bei Gott nicht so dumm sein, die Inhaftierten für so dumm zu halten, einem solchen Kalkül *auf den Leim zu gehen*, wie man in den Bergen hier gesagt haben würde.

Der Umerziehungseffekt habe vielmehr mit einer *Eigenschaft des Menschen* zu tun. Die Wortführerin der zweiten Kritikergruppe, eine ältere Professorin der Philosophie und Teheraner Feministin, versuchte mir einmal jene Eigenschaft zu erklären, ich habe sie aber leider vergessen, oder damals schon nicht verstanden. So weit ich noch weiß, hatten die Argumente der Professorin mit der *Freiheit* oder der *Möglichkeit der Freiheit* zu tun, wie sie sagte. Jetzt fällt mir das Argument – oder eines ihrer Argumente – wieder ein: Die im Lager herrschende Kombination aus Freiheit und Sorglosigkeit stelle, so die Professorin und Teheraner Feministin, nicht nur die Verhältnisse in Teheran auf den Kopf. Sie sei auf der ganzen Welt einzigartig. Denn die *maximale Freiheit* im Lager sei nur möglich angesichts der *maximalen Unfreiheit* in Teheran. Aber die maximale Freiheit, so die Professorin und Teheraner Feministin, würde über kurz oder lang in die Sehnsucht nach der maximalen Unfreiheit münden – also in die Sehnsucht nach der Unterwerfung unter dem Gott der Religion Teherans.

Auch wenn ich die Argumente der Professorin und Teheraner Feministin nicht zu verstehen vermochte, ihre Behauptung, daß die Freiheit und die Sorglosigkeit, die im Lager herrschte, weltweit einzigartig war, war richtig – und ich fragte mich, was einen Inhaftierten je veranlassen könnte, diesen Ort zu verlassen, an dem er machen konnte, was immer er wollte, solange er den anderen keinen Schaden zufügte, das Nichtstun miteingeschlossen."

„Dolce far niente", sagte der Grobe, und sein Gesicht schien etwas wie Genuß auszudrücken. Und Verachtung.

„Wenn ein Inhaftierter beschloß, etwas zu unternehmen oder zu studieren oder zu unterrichten, brauchte er seinen Wunsch bloß der zuständigen Kommission mitzuteilen, um jede erdenkliche Unterstützung zu erhalten. Die historischen Instrumente zum Beispiel hatte sich ein Professor gewünscht, ein international anerkannter Theoretiker der Musik, den ein trauriges Mißverständnis – oder soll ich ein glückliches sagen? – in das Lager gebracht hatte. Der Professor war Spezialist für *Neue Musik*, liebte es aber, die Neue Musik auf alten, ausgefallenen Instrumenten zu spielen oder spielen zu lassen. Daher das Clavycytherium, die Tromba marina und das Colascione. Vor seiner Inhaftierung im Lager hatte er sich das Ziel gesetzt, die Massen – und nicht nur *Bildungsbürger*, wie er sagte – für die Neue Musik zu interessieren, deshalb hatte er sich mit den Lehrveranstaltungen auf der Universität für Musik und Darstellende Kunst nicht begnügt, sondern war mit seinen Studentinnen und Studenten und Assistentinnen und Assistenten auf die Straße gegangen.

Die Situation der Künste nach dem Sieg der Revolution in Teheran kann man mit der Situation der Künste nach dem Sieg der Revolution in Russland vergleichen, als die Künste einen Aufschwung erlebten, der aber in Teheran nur kurz dauerte. Der Professor veranstaltete vor und vor allem nach der Revolution Happenings. Ein Happening", der Junge wandte sich an mich, „ist eine zum Beispiel künstlerische Aktion, bei der versucht wird, das Publikum einzubeziehen, zum Beispiel durch Provokation". Der Junge hielt mich offenbar nicht bloß in Sachen Teheran, sondern generell für einen Idioten.

„Der Professor, ein begnadeter Redner, verknüpfte bei den Happenings seine Ausführungen über Neue Musik mit Elementen des Straßentheaters, Video- und Objektinstallationen sowie dem Verfahren der *Publikumsbeschimpfung*. Vor allem letzteres war bei Angehörigen der Unterschicht sehr beliebt. Die Happenings wurden durch Plakate angekündigt, gestaltet von einer Studentin der Hochschule für Bildende Kunst. Bei einem der Happenings, das sein letztes sein sollte, behandelte der Professor eine Schrift von *Theodor W. Adorno*: ‚Philosophie der neuen Musik'. Die Studentin hatte die Gewohnheit, die Buchstaben auf den Plakaten zu verdrehen – wie es neuerdings auch in den

Deutschsprachigen Bergen Mode ist – oder zu verschieben. So verfuhr sie auch bei der Gestaltung des Werbeplakats für das Happenings über Adorno, das, wie mir das Mädchen erzählte, im ganzen Teheran affichiert worden war.

Später habe ich erfahren, daß die Plakatkünstlerin niemand anderer war als das Mädchen. Warum sie gesagt hatte, sie sei wegen Marx ins Lager gebracht worden, weiß ich nicht. Vielleicht schämte sie sich für das Plakat. Vielleicht, weil Adorno Marxist ist. Vielleicht weil sie – nicht zu Unrecht – angenommen hatte, daß mir Adorno nichts gesagt haben würde. Die erste Zeile des Plakats lautete: ‚Theodor Adorno', die zweite: ‚Philosophie der neuen Musik'. Zwischen dem *A* des *Adorno* und dessen *d* hatte sie einen Abstand gelassen, und das *d* um fast 90 Grad gedreht, so daß man das *d* mit einiger Phantasie als *p* –

Theodor A porno

– lesen, und bei Unkenntnis von Adorno den Eindruck haben könnte, es würde ein ‚Theodor' genanntes, pornographisches Werk angekündigt, was jedoch weder dem Professor aufgefallen war noch dem Mädchen.

Der Professor und das Mädchen wurden zur selben Zeit in das Lager gebracht, beide überzeugt, das Plakat sei ihnen zum Verhängnis geworden. Nicht zu Unrecht, nehme ich an. In seiner Verzweiflung hatte der Professor jedem im Lager zu erklären versucht, daß *Adorno* und *Porno* nichts miteinander nichts zu tun haben konnten, obwohl die meisten im Lager nichts mit Adorno zu tun haben konnten, was sich, dank dem Professor, bald ändern sollte, daß Adorno Philosoph gewesen sei und Komponist und folglich für die Pornographie keine Zeit haben konnte, nicht einmal den Jazz hätte er goutiert.

Mit seinen Beteuerungen, Adorno und Porno könnten nichts miteinander zu tun haben, wollte der Professor seine Entlassung aus dem Lager bewirken respektive die religiösen Faschisten veranlassen, ihm den Prozeß zu machen, in der Hoffnung, vor Gericht Adornos und seine eigene Unschuld beweisen zu können. Natürlich hätte der Professor das Lager einfach verlassen und aus Teheran flüchten können, dann aber hätte er mit Repressalien gegen Angehörige und Freunde zu rechnen gehabt, wie gesagt.

Als er aber eine Zeit lang im Lager gelebt und die Freiheit und Sorglosigkeit genossen hatte, wollte der Professor es nicht mehr verlassen. Und was er am Anfang begehrt hatte, aus dem Lager entlassen zu werden, fürchtete er jetzt. Und er, der in Kursen und Seminaren einem anfangs ratlosen, später interessierten und schließlich enthusiastischen Publikum Adornos Werke näher gebracht und dessen Unschuld bewiesen hatte – er war ja ein begnadeter Redner –, erklärte in einer *aufsehenerregenden Rede*, daß entgegen seinen, des Professors, bisherigen Behauptungen, Adorno und Porno sehr wohl miteinander zu tun haben würden. Nicht in dem Sinn, daß Adorno ein Pornograph gewesen sei. Pornographische Schriften hätte er keine verfaßt. Jedoch hätte er es bislang verabsäumt, seine Zuhörer auf gewisse Details in Adornos Biographie aufmerksam zu machen. Damals war im Lager ein Wortspiel entstanden: Der Professor hätte mit seiner *aufsehenerregenden* Rede nicht *Aufsehen erregen*, sondern die *Aufseher erregen* wollen – das heißt die mutmaßlichen, als Lagerbewohner getarnten Spione – die er provozieren und veranlassen wollte, ihm die Entlassung aus dem Lager zu verweigern.

Im Lager war durch die Seminare und Kurse des Professors eine *Gemeinde Adornos* entstanden, die sich mit der Neuen Musik und der *Kritischen Theorie* beschäftigte. Ihr könnt euch vorstellen, wie die Kehrtwendung des Professors die Anhänger Adornos im Lager verstörte. Zumal er in einer anderen Rede einen Schritt weiter ging und behauptete, die Details in Adornos Biographie seien keineswegs unbedeutende pornographische Episoden, sondern Ausdruck von Adornos *Person.* Zwar wollte er nicht behaupten, daß weil Adorno sich pornographisch betätigt hätte und weil diese pornographischen Betätigungen Ausdruck seiner Person wären, Adornos *Werk* pornographisch sei. Jedoch gäbe es *eine gemeinsame Wurzel* des Pornographischen in Adornos Werk und in seiner Person. An dieser Stelle verwendete das Mädchen, dem ich mein ganzes Wissen über den Professor verdanke, den Ausdruck *Porno-Biographie* – und lachte, obwohl sie mir sonst, wenn sie über den Professor sprach, traurig schien.

Das Verhalten des Professors hatte aber nicht nur die Gemeinde Adornos verstört, nach und nach wurde er von allen im Lager gemieden bis er eines Tages verschwand. Allerdings sei er noch immer im Lager, sagte das Mädchen. Das Lager sei groß, der Professor hielte sich in einer der entlegenen Gegenden auf oder vielmehr versteckt. Gelegentlich mische er sich unter die Lagerbewohner, die ihn dann, wie man in den Deutschsprachigen Bergen gesagt haben würde, nicht einmal ignorierten.

Was die beiden sich widersprechenden Wünsche des Professors betraf, im Lager bleiben und es verlassen zu wollen, ging es mir so wie ihm. Oder umgekehrt. Am Anfang wäre ich lieber gestorben, als das Lager zu verlassen – bis mir die Mutter einfiel", der Junge wandte sich an den Groben. Seit er vom Klo zurück war, hatte er, wenn er nicht in sein Bier geschaut hatte, zu mir oder zum Groben geschaut, zum Feinen nicht mehr, „sie mußte ja damals diese ... Tabletten einnehmen, die sie ... Gott habe sie selig ... und es ging mir wie dem Biermann im Lied

Ich möchte am liebsten weg sein
Und bleibe am liebsten hier

Ich war unentschlossen und *unrund*, wie man in der Deutschsprachigen Provinz gesagt haben würde, und sagte es schließlich dem Mädchen. Du mußt zur *Telefonzelle*, sagte das Mädchen, als handelte es sich bei der Telefonzelle nicht um eine Telefonzelle, sondern um eine allseits bekannte und anerkannte Institution. Von einer Telefonzelle im Lager wußte ich nichts. Ich hatte gedacht, es gäbe zwischen dem Lager und der Außenwelt keinen direkten Kontakt. Zwar konnte man über die zuständige Kommission Briefe versenden und empfangen, man mußte aber damit rechnen, daß sie gelesen und zensuriert wurden. Das Mädchen wußte, daß ich den Gedanken, sie könnten meine Briefe an Mutter lesen und zensurieren, nicht ertrug, daher die Telefonzelle. Ich traf sie am späten Abend, vor dem Amphitheater, sie schien mir ungewohnt ernst. Wir spazierten zu der letzten Terrasse hinauf, an der Grenze zwischen dem Park und der Kanada-Landschaft, dorthin, wo sie mich am ersten Abend abgesetzt hatten. Diese letzte Terrasse hatte ich oft aufgesucht, in Begleitung des Mädchens, oben waren wir immer nach links abgebogen, in einen schütteren Wald. An jenem Abend nahm sie zum ersten Mal meine Hand, aber ich spürte, obwohl ich sie maßlos begehrte, und nachträglich betrachtet, sogar liebte, keine Erregung. Sie nahm meine Hand und wir gingen nach rechts in einen anderen, dichteren Wald.

Bald war kein Weg und wir begannen, uns durch die Bäume zu kämpfen, und weil ich ihre Hand nicht loslassen wollte, oder sie meine, hätte uns ein Beobachter für zwei ungelenke, sich ständig verrenkende Tänzer gehalten. Wir kamen zu einer ungewöhnlich hellen Lichtung – oder soll ich unheimlich sagen? – und ich sah, zum ersten Mal seit sie mich in das Lager gebracht hatten, den Mond.

Die Telefonzelle stand mitten in der Lichtung, es war mir als hätte ich sie schon einmal gesehen, in einem amerikanischen Film oder einem britischen. Aber ich kenne weder einen amerikanischen noch einen britischen Film, in dem eine Telefonzelle vorkommt – sicher keine in einer Lichtung im Wald.

Dann fiel mir ein, daß die Telefonzelle mich an eine Telefonzelle in einer Folge einer amerikanischen TV-Serie erinnerte. Eine Gruppe junger Amerikaner strandet nach einem Flugzeugabsturz auf einer Insel, die früher bewohnt, aber aus einem mir nicht mehr erinnerlichen Grund evakuiert worden war. Die Gebäude und die Infrastruktur der entvölkerten Stadt auf der Insel wirkten wie die Fassaden einer verfallenen Filmstadt. In einer Szene versucht einer der jungen, auf der Insel Gestrandeten von einer Telefonzelle aus nach Hause anzurufen, obwohl er weiß, daß die Telefonzelle defekt ist, oder es wissen müßte – währenddessen sitzen die anderen Gestrandeten in den Ruinen einer Bar.

Die Telefonzelle in der Lichtung war nicht defekt, obwohl sie genauso *abgefuckt* aussah, wie die Telefonzelle in der amerikanischen Serie. An ihre Farbe kann ich mich nicht mehr erinnern, es war jedenfalls eine für Teheran ganz untypische Telefonzelle, am ehesten hätte sie nach London gepaßt, so gesehen, war sie am ehesten rot. Ich stand am Rande der Lichtung und starrte die Telefonzelle an, als sei sie etwas Sensationelles, was sie tatsächlich auch war, bis das Mädchen sagte, daß ich hineingehen soll und mir Glück wünschte, als stünde ich vor einer schwierigen Prüfung.

In der Telefonzelle war ein weißer, an einem Halter befestigter Plastikbecher, mit mehreren Münzen. Ich warf eine in den Schlitz und wählte unsere Nummer – legte aber auf, bevor es zu läuten begann. Ich probierte es noch einmal. Mutter war am Apparat, wie immer, auch wenn es ihr schlecht ging", Der Grobe und der Feine nickten, wie ferngesteuert, „ich wollte mich entschuldigen, daß ich mich so lange nicht gemeldet hatte – stattdessen hörte ich mich sagen: ‚Um Himmels Willen, wo bist du?' ‚Beruhige dich', sagte Mutter. Aber es war nicht die Stimme der Mutter, sondern meine eigene, die ich zu gut kannte. Nur, daß meine Stimme *mädchenhafter* klang als ohnehin schon. Erinnert ihr euch, ich hatte einmal bei ‚Schüler machen Radio' mitgemacht, einem jener Projekte der Kaiserin. Mutter, die sehr stolz auf mich war, hatte die Sendung aufgezeichnet, als ich die Aufzeichnung hörte, war ich über die *Mädchenhaftigkeit* meiner Stimme entsetzt. ‚Ich habe', hörte ich mich sagen, ‚in allen Amts- und Revolutions- und Polizeistuben nach dir gesucht, du kannst dir nicht vorstellen ...' ‚Ich kann es', sagte die mädchenhafte Stimme, also meine eigene, am anderen Ende der Leitung. Das reichte – ich rannte hinaus. Das Mädchen stand rauchend am anderen Ende der Lichtung. ‚Du mußt mir helfen', sagte ich, ‚ich muß nach Hause'.

Am Morgen weckte mich das Klingeln der Tür, aber ich hatte keine Türglocke. Ich bewohnte eine Mansarde in einem *Portacamp* – habe ich von den Wohnverhältnissen im Lager schon erzählt?", der Junge schaute uns an, den Groben und mich respektive an uns vorbei, es dämmerte und die Geräusche in der Deutschsprachigen Gemütlichkeit klangen wie aus der Ferne. „Ich bewohnte ein Einzelzimmer, aber ich hätte auch in einer WG wohnen können. Frauen- und Männer-WGs waren damals getrennt, ich habe aber gehört, daß es nach meiner Zeit gemischte WGs gab.

Ich hatte geträumt. Und im Traum war das Klopfen des Mädchens an der Tür der Ton einer Glocke. Wir überquerten ein *Pausenhof* genanntes Areal. Es war kühl, ein paar Frauen machten in Trainingsanzügen Tai Chi, und setzten uns auf die Terrasse eines Speisesaals vis-à-vis des Portacamps, wo es nach Kaffee roch, aber nicht nach Filterkaffee. Im Lager habe ich das *Espressotrinken* gelernt", der Junge wandte sich an mich, „in Teheran trinken wir Tee. Wie in London. Obwohl man in London Kaffee trank, lange bevor sich der Tee durchsetzte, was niemand weiß, und in den

Kaffeehäusern von London sei im 17. Jahrhundert die Moderne entstanden, erklärte die Professorin und Teheraner Feministin, die dafür verantwortlich war, daß man im Lager Kaffee trank, also Espresso, und auf die ich gleich zurückkommen werde.

Ich war aus der Telefonzelle raus und hatte gesagt: ‚Ich muß weg', ‚Dann pack deine Sachen', hatte das Mädchen gesagt. Viel zu Packen war nicht. Als sie mich an der Grenze zwischen dem Park und der kanadischen Landschaft abgesetzt hatten, hatte ich nur meine Kleider. Alles andere – zusätzliches *Gewand*, wie sie hier in der Deutschsprachigen Provinz gesagt haben würden, Möbel und Bücher – hatte ich unbürokratisch in den Depots der Wohlfahrtskommissionen besorgt. Gegen sechs hatte mich das Mädchen geweckt, kurz darauf hatten wir das Frühstück beendet und in der Cafeteria Brot, Wurst, Obst und eine Flasche Bier eingekauft – aber *eingekauft* ist nicht das richtige Wort, es gab im Lager kein Geld. Ich ging in mein Zimmer, nahm den Rucksack, den ich noch in der Nacht gepackt hatte. Dann brachen wir auf.

Es war kühl und es roch … wie es am frühen Morgen in Teheran in den Bergen halt riecht. Wir marschierten durch einen Wald, der dichter wurde und auf einmal aufhörte, dann durch eine Landschaft aus Stein, es wurde wärmer, als wir mittags das Ziel erreicht hatten, war es heiß.

Das Ziel war ein weißes Gebäude, in einem Garten, in einer Landschaft aus Stein. Das Gebäude war das Werk eines Architekten, eines *futuristischen*, wie es hieß. Ich kenne mich mit Architekten nicht aus. Es hätte das Werk von *Le Corbusier* sein können. Weiß, wie gesagt, mit horizontalen Fenstern, Glasschiebewänden, Terrassengarten, Betonpfosten, Dachgarten und so weiter. Auf einem Schild stand

Institut für Religionssexologie

Ich lachte und sagte, es hätte wohl

Religionssoziologie

heißen müssen. ‚Sexologie stimmt schon', sagte die Professorin und Teheraner Feministin, die auf einmal hinter mir stand. Ich dachte, ich hätte sie tags zuvor im Lager gesehen, das heißt im Zentrum des Lagers, denn auch das Gebäude gehörte zum Lager. Ich hatte die Professorin und Teheraner Feministin immer heiter und sympathisch erlebt, und sie war mir, obwohl Professorin und Feministin, nie arrogant erschienen. Jetzt aber – nicht daß sie mir arrogant erschienen wäre –, jetzt aber, als sie uns durch das Gebäude führte, das heißt mich mich - das Mädchen schien das Gebäude zu kennen, erschien sie mir ernst und womöglich besorgt.

Das Gebäude, durch das uns die Professorin und Teheraner Feministin führte, beeindruckte mich. Ich beschloß, Architekt zu werden. Seit meiner Einlieferung in das Lager hatte ich nacheinander Musiker, Komponist und – unter dem Eindruck der Professorin und Teheraner Feministin – Feminist werden wollen". Ich fragte mich, ob der Junge, wenn er ‚Teheraner Feministin' sagte, eine Feministin meinte, die aus Teheran stammt, oder ob der Teheraner Feminismus sich vom Feminismus hier, in den Deutschsprachigen Bergen, unterscheidet.

„Während uns die Professorin und Teheraner Feministin durch das Gebäude führte, erzählte sie uns die Geschichte des Instituts. Schon vor der Revolution hatte sich ein Arbeitskreis, bestehend aus Soziologen, Sexologen und Psychologen über einen Widerspruch in der Religion Teherans Gedanken gemacht. Auf der einen Seite scheint die Religion Teherans, so die Professorin und Teheraner Feministin, die Sexualität zu verdammen, ja ausmerzen zu wollen", der Junge wandte sich an mich, „in Teheran haben sie seit der Revolution Hunderttausende wegen sexueller Delikte verhaftet angeklagt, gefoltert, vergewaltigt, gehenkt, und sei es wegen Verstößen gegen die Bekleidungsvorschriften. Andererseits sei die Religion Teherans *geradezu durchtränkt von Sexualität*, so die Professorin und Feministin, man müsse den Begründer der Religion Teherans einen *Triebtheoretiker* nennen. *Triebtäter*, sagte das Mädchen. Bekannt seien, so die Professorin, ohne auf den Triebtäter einzugehen, die Anleitungen für alle Arten des sexuellen Verkehrs in den theologischen Schriften der Teheraner Religion". „'Anleitungen für alle Arten des sexuellen Verkehrs'", sagte der Feine, „heißt im übrigen das bekannteste Werk des bekanntesten Teheraner Theologen, *Ali Wahali*". Seit der Junge vom Klo zurück war, war es das erste Mal, daß der Feine etwas gesagt hatte. Der Junge ignorierte ihn wieder.

„Als sich nach der Revolution die Mitglieder jenes Arbeitskreises nach und nach im Lager wiederfanden, gründeten sie, unter der Leitung der Professorin und Teheraner Feministin, das ‚Institut für Teheraner Religionssexologie' – um dem besagten Widerspruch in der Religion Teherans weiter nachzugehen.

Weil in Teheran seit der Revolution ein *sexuell repressives* Regime eine *sexuell hyperaktive* Gesellschaft, so die Professorin und Teheraner Feministin, beherrschte, erschien die Gründung des Instituts umso dringlicher. Denn ohne die Lösung des sexuellen Problems der Religion und der Gesellschaft Teherans käme es, über kurz oder lang, zur Katastrophe.

Die Religionssexologen suchten die Lösung der sexuellen Probleme der Religion Teherans in der Religion Teherans selbst. Ausgehend vom Widerspruch zwischen den sexualfeindlichen und den sexualfreundlichen Elementen der Religion Teherans, war den Sexologen aufgefallen, daß bestimmte Akte, welche in der Regel in der Religion Teherans als verboten oder als anstößig gelten, in bestimmten Fällen von der Religion Teherans selbst als erlaubt angesehen würden, wenn nicht als heilig. Etwa die *Tempel-Masturbation*". Der Junge wandte sich an mich. „Zwar gibt es in der Religion Teherans keine Tempel, dennoch hat sich für dieses Phänomen in den Deutschsprachigen Bergen der Ausdruck *Tempel-Masturbation* durchgesetzt. Die Masturbation der Männer ist in der Religion Teherans verboten und masturbierenden Männern droht die Todesstrafe respektive die Hölle der Religion Teherans. Jedoch können junge Männer gegen Entrichtung einer Summe an Institutionen des Klerus *Masturbations-Gutscheine* erwerben, deren Besitz für einen, der Höhe der entrichteten Summe proportionalen Zeitraum zur Masturbation berechtigt, sofern diese vom Rezitieren bestimmter Passagen der heiligen Texte der Religion Teherans begleitet wird. Häufig werden Rezitation und Masturbation in Anwesenheit eines Geistlichen in einem Bethaus vollzogen, gerne aber auch zu Hause.

Während uns die Professorin und Teheraner Feministin über weitere Aspekte der Teheraner Tempel-Masturbation unterrichtete, nahm ich einen athletischen, hochgewachsenen Mann wahr, neben einem kleinen, schmächtigen. Wir standen im Garten des Innenhofs des Instituts auf einer Wiese. Die beiden Männer, die in ein Gespräch verwickelt waren, hatten zugleich die Professorin im Auge – als erwarteten sie ihre Aufmerksamkeit. Der Athletische, der auf einmal zu singen begann, erst leise, dann immer lauter, bis die Professorin und Teheraner Feministin verstummte, hatte einen für den Süden von Teheran typischen Schnauzbart und sang einen Schlager aus Süd-Teheran, über die Vorteile des Daseins als Mädchen:

Komm doch mal rüber Mann,
Und setz dich
Zu mir hin

Weil ich ein Mä-he-dchen bin
Weil ich ein Mä-he-dchen bin

Keine Widerrede Mann,
Weil ich ja sowieso gewinn

Weil ich ein Mä-he-dchen bin
Weil ich ein Mä-he-dchen bin

Mitten im Singen unterbrach sich der Athletische und sagte mit einer klaghaften, beinah weinerlichen Stimme: ‚Ich kann es nicht. Ich schaff es nicht. Ich ...'

‚Aber du *willst* es', sagte der Schmächtige, und legte ihm den Arm um die Schulter. Woraufhin der Athletische in die Knie ging und zu weinen begann.

‚Wann hat sie denn ihre Weihe?', fragte die Professorin und Teheraner Feministin, ich weiß nicht mehr wen, ging zu dem Weinenden und flüsterte ihm etwas ins Ohr. Das Mädchen gab mir zu verstehen, daß mir die Professorin und Feministin alles erklären würde, so verstand ich jedenfalls ihre Blicke und die Bewegungen ihres Kopfes. Habe ich schon gesagt, daß sie hübsch war?

Später, beim Tee auf der Dachterrasse des Instituts, erklärte mir die Professorin und Teheraner Feministin die seltsame Szene. Bei Diskussionen über das Phänomen der Tempel-Masturbation war den Wissenschaftlern der Gedanke gekommen, daß auch andere sexuelle Probleme der Religion und der Gesellschaft Teherans auf ähnliche Art zu lösen sein müßten wie bei der Tempel-Masturbation schon der Fall: indem sich nämlich die Religion Teherans, so die Professorin und Teheraner Feministin, *selbst austrickse*. Die Sexologen, so die Professorin und Teheraner Feministin, hätten in erster Linie an das größte sexuelle, religiöse und gesellschaftliche Problem Teherans gedacht – die gleichgeschlechtliche Liebe zwischen Männern.

Wenn es, so die Professorin und Teheraner Feministin, der Religion Teherans gelinge, das Problem der Masturbation durch Gutscheine wenigstens zu entschärfen, müßte es eine ähnliche Lösung auch für das Problem der Männerliebe geben", der Junge wandte sich an mich, „In Teheran droht Männern im Falle der gleichgeschlechtlichen Liebe die Exekution, und nach der Exekution die Hölle der Teheraner Religion.

In der *Filnameh*, dem *Buch der Elefanten*, ein Epos aus der Frühzeit der Religion Teherans, war die Professorin und Teheraner Feministin auf eine bemerkenswerte Passage gestoßen: Einmal, als die Anhänger der Religion Teherans im Kampf gegen die *Ungläubigen* in Bedrängnis geraten, erscheint ihnen der Gott der Religion Teherans ‚als Recke mit dem schönsten und stärksten Körper', um den Kriegern der Religion Teherans beizustehen. Eines Nachts offenbart er sich einer Gruppe von Feldherren und Kriegern in seinem göttlichen Glanz – woraufhin sich diese zu Boden werfen, die Füße, die Unterschenkel, die Kniekehlen, die Oberschenkel, die Hüften, den Bauch, die Brust, die Schultern, den Hals und schließlich den Mund des Gottes küssen, und indem sie den Duft seines Körpers riechen und den Schweiß trinken, geraten sie in *Ekstase*. Der Schweiß und der Körpergeruch des Gottes der Religion Teherans wirken als *militärische Droge*, deren Einfluß am Morgen des folgenden Tages die Feldherren und das Heer der Religion Teherans zum *Endsieg* über den Feind führt. ‚Das Buch der Elefanten', so die Professorin und Teheraner Feministin, ‚beschreibt den Körpergeruch und die Kniekehle des Gottes der Religion Teherans als ‚köstlicher als die Kniekehle und der Körpergeruch des köstlichsten Mädchens.' Der Vergleich der Kniekehle des Gottes der Religion Teherans mit der eines *Mädchens* sowie die Tatsache, daß in einem Epos der Religion Teherans ein Mann einen anderen küßt – und riecht und liebkost und dieses Küssen und Liebkosen und Riechen eines Mannes, noch dazu eines Gottes, sowie das Trinken seines Körperschweißes zum Sieg im Heiligen Krieg führen, ‚das alles brachte uns', sagte die Professorin und Teheraner Feministin, ‚auf den Gedanken, daß es in der Religion Teherans möglich sein müßte, aus Männern Mädchen zu machen.'

So entstand, in Zusammenarbeit mit den reformierten religiösen Faschisten, das Projekt *Mädchenweihe*: Männer, die den Glauben hätten oder den Wunsch verspürten, ein Mädchen zu sein, oder weder den Glauben hätten noch den Wunsch verspürten, ein Mädchen zu sein, aber ein Zubrot verdienen wollten, konnten – nach Bestehen physiologischer und psychologischer Tests – ein *Training* absolvieren, und würden nach erfolgreichem Abschluß des Trainings im Beisein von Juristen und Theologen der reformierten Faschisten in einer Zeremonie zu Mädchen geweiht.

Diese ‚Mädchen' würden, so die Professorin und Teheraner Feministen, in ‚Mädchenhäusern' untergebracht, wo sie Männern zur legalen Ausübung der gleichgeschlechtlichen Liebe zur Verfügung stünden. Für die Inanspruchnahme der Dienste der Mädchen müßten die Männer eine Summe entrichten, deren Großteil an Einrichtungen der reformierten religiösen Faschisten ginge, der kleinere Teil an das ‚Mädchen'.

Ich fragte, ob es die Mädchenhäuser schon gebe. ‚Ja', sagte die Professorin und Teheraner Feministin, und daß es unerheblich sei, ob das ‚Mädchen' einen mädchenhaften Körper habe oder nicht – sie schaute mich an, und ihr Blick schien wieder ernst und besorgt.

‚Du willst also nach Hause', sagte die Professorin und Teheraner Feministin. Sie wußte es also. Ich schüttelte den Kopf, als hätte ich ‚Nein' sagen wollen, sagte aber: ‚Ja'.

‚Es gibt einen Weg, das Lager zu verlassen, ohne seine Angehörigen zu gefährden'.

‚Die Mädchenweihe?', fragte ich.

‚Ja', sagte die Professorin und Teheraner Feministin.

Ich mußte an den Athletischen denken, und wie er in die Knie gegangen war, aus Verzweiflung, es nicht zu schaffen, ein Mädchen zu sein. Der Athletische war ein *sissy boy*", der Junge wandte sich an mich, „*sissy boy* kannte ich aus den Büchern der Mutter, die durch das Lesen montanistischer Bücher auf Englisch ihre Liebe zur englischen Sprache und über ihre Liebe zur englischen Sprache ihre Liebe zu amerikanischen Büchern entdeckt hatte. Der Athletische war also ein sissy – respektive *pussy boy*. Ich sollte auch einer werden.

Zehn Tage später hatte ich die erste Phase meines Trainings beendet und durfte das Lager verlassen. Ich marschierte, zusammen mit der Professorin und Teheraner Feministin, dem Mädchen und anderen Mädchenweihe-Kandidaten, zu jener Schleuse, die wir nach einem halben Tagesmarsch erreichten. Unsere Trainer – Kleidermacher, Visagisten, Psychoanalytiker, ein Masseur sowie die Professorin und Teheraner Feministin – hatten uns empfohlen, uns nach dem Betreten der Schleuse die Augen zu verbinden, was wir auch taten.

Der Abschied von der Professorin und Teheraner Feministin verlief ganz *unzeremoniös*, wie sie in den Bergen hier gesagt haben würden, genauso unzeremoniös verlief der Abschied vom Mädchen", der Junge schaute angestrengt in sein Bier, als befände sich die Vergangenheit in seinem Bier, „aber ich dachte, als sich das Mädchen auf den Weg von der Schleuse ins Lager machte, das heißt in das Zentrum des Lagers, eigentlich gar nicht an Abschied, ich meine für immer.

Man brachte uns mit verbundenen Augen in eine Kaserne, in Nord-Teheran, in der das Pilotprojekt stattfinden und die das erste ‚Mädchenhaus' beherbergen sollte. In der Kaserne ging es wie in einer Kaserne zu, mit Tagwachen, Stockbetten, Schlafsälen, Spinden, die man regelmäßig inspizierte. Außer uns ‚Mädchen' gab es in der Kaserne nur ‚Trainer', sie schienen Soldaten zu sein, weil sie Uniformen trugen, auch wenn uns ihr Benehmen alles andere als soldatisch erschien. Mal feierten sie, teils unter sich, teils mit uns, die Nacht oder mehrere Nächte hindurch, tanzten, sangen und soffen vor allem, und kifften auf Teufel komm raus. Es gab das Gerücht, daß sie, wann immer sie unter sich feierten, die besten Huren ganz Teherans kommen ließen. Daß sie die vermeintlichen Huren vor uns geheim hielten, war vermutlich ihrem Bemühen geschuldet, unsere keimende Identität als zarte Mädchen nicht zu gefährden. Dann wieder legten sie die scheußlichste *Kasernenpedanterie* an den Tag, und drohten bei der geringsten Unordnung in den Spinden mit grausamen Strafen, durchwegs körperlicher Natur, aber sie rührten uns niemals an.

Auch verfügten die ‚Trainer' in der Kaserne nicht über die Kompetenzen der Trainer im Lager. Es gab weder Psychoanalytiker noch Kleidermacher noch Visagisten – oder doch einen Kleidermacher, den sie *Militärschneider* nannten. Und der wie der schnauzbärtige Athletische auf der Wiese des Instituts für Religionssexologie aussah, aber ohne athletisch zu sein. Der Athlet wiederum war nun mein Kurs- und Schlafsaalkollege. Der Militärschneider hatte den Auftrag, Uniformen für uns zu entwerfen, die zwar einerseits als Militäruniformen erkennbar sein sollten, weiß Gott warum, sich andererseits von den Soldatenuniformen der ‚Trainer' unterschieden. Das wußten wir, weil uns der Militärschneider regelmäßig in sogenannten *Werkstattgesprächen* Einblicke in seine Arbeit zu gewähren versuchte. In einer Art Unterrichtssaal saß er auf einem Tisch, einen Stapel Modezeitschriften aus Teheran und Paris neben sich. Wir hatten ihn in Verdacht, von der Mode und vom Schneidern keine Ahnung zu haben, aber er redete viel, und schien sehr belesen zu sein. ‚Alles wird von der Mode geregelt' war sein Lieblingszitat, das er einem Pariser Schriftsteller des 17. Jahrhunderts zuschrieb. Und am Ende eines jeden Werkstattgesprächs mußten wir ihm die folgenden Zeilen oder Verse nachsagen:

Es gibt keine Mode außer der Mode

Beständig in der Unbeständigkeit

Vollkommen in der Unvollkommenheit

*Macht der Modische, was die anderen machen, um anders zu sein als die andere*n

Diese Verse nannten meine Mitkandidaten und ich, das *Bekenntnis des Militärschneiders* respektive das *Modegebet*. Einmal als sich einer von uns über das *Modegebet* lustig gemacht hatte, wurde uns mitgeteilt, daß wir nach dem Aufstehen und vor dem Zubettgehen das *Modegebet* aufsagen mußten, so wie wir in den ersten Trainingstagen im Lager nach dem Aufstehen und vor dem Zubettgehen uns vor den Spiegel stellen und sagen mußten: ‚Ich liebe es, ein Mädchen zu sein.' Da dämmerte uns, wie mächtig der Militärschneider war, den wir für einen Clown gehalten hatten.

Einmal ließ er mich in sein Büro kommen, das unordentlich und elegant war, wie das Atelier eines Künstlers. Er saß an einem länglichen Tisch, auf dem sich Modemagazine stapelten sowie Aktenordner, die aber nicht wie Aktenordner aussahen, sondern wie Folianten. Einen der Folianten schlug er auf und begann vorzulesen, er murmelte, und das Murmeln war bei genauerem Hinhören ein Singen.

‚Sie beschäftigen sich mit Freud', sagte er und lächelte gütig und ein wenig dümmlich. Ich sah, daß er alt war und eine Wollmütze trug, eine Schlafmütze, oder war es die phrygische Mütze der Jakobiner respektive der Magier im antiken Teheran? Und statt Angst empfand ich Sympathie und Mitleid, wie für den Vater. Eine Zeit lang war er unverständlich, dann sagte er:

‚Das gefällt mir'.

‚Was?', fragte ich, woraufhin er unverständlich wurde und schmunzelte.

‚*Was* gefällt Ihnen?'

‚Daß du diesem Pfaffen die Leviten gelesen hast'.

Er meinte die Episode in der Buchhandlung.

‚Gehören Sie nicht zu den religiösen Faschisten?'

Der Militärschneider lachte. ‚Zu den *religiösen* jedenfalls nicht'.

‚Aber ... Sie gehören doch zum Apparat der klerikalen Republik?'

‚Das schon. Aber, wenn du es genau wissen willst: Ich ... sowohl auf den Gott als auch auf die Religion Teherans.“ An der punktierten Stelle gebrauchte der Junge ein Wort, das ich nicht wiederhole.

Dann fragte er nach meinem Berufswunsch. Ich sagte wahrheitsgemäß ‚Architekt'. Ich stand noch immer unter dem Eindruck des Gebäudes des Teheraner Instituts für Religionssexologie.

‚Ich werde dir helfen', sagte der Militärschneider, der wenn er mit uns ‚Mädchen' redete, zwischen dem *Sie* und dem *Du* wechselte. ‚Wir haben gute Kontakte zu Universitäten in Amerika. Und in Paris. Und in den Deutschsprachigen Bergen. Ich kümmere mich um das Stipendium – und um die Sicherheit deiner Eltern. Du kennst die Gerüchte.'

Er meinte die Gerüchte über Repressalien gegen Angehörige von Lagerbewohnern, die sich ohne Entlassungszertifikat aus dem Lager entfernten. Das verwirrte mich. Ich hatte die Professorin und Teheraner Feministin so verstanden, daß die Teilnahme am Mädchenweiheprojekt den Erhalt des Entlassungszertifikates ersetzte, und daß wer einwilligte, sich zum Mädchen ausbilden zu lassen, das Lager verlassen konnte, ohne für seine Angehörigen Konsequenzen befürchten zu müssen. Offensichtlich reichte die Teilnahme an der ‚Mädchenweihe' nun aber doch nicht.

Der Militärschneider zeigte mir ein Schwarzweiß- und ein Farbfoto – auf beiden war derselbe Mann zu sehen. Auf dem Farbfoto saß er als Cowboy auf einem Pferd, auf dem Schwarzweißbild trug er einen Trilby-Hut, saß im Führerhaus eines LKW und hatte den Mund offen, wie beim Singen. ‚*Paskarani*', schoß es aus mir heraus als wäre ich bei einem Quiz. Paskarani", der Junge wandte sich an mich, „war Sänger und Schauspieler unter dem Kaiser, beliebt durch eine Reihe von Teherano-Western und als Sänger von klassischen Teheranerliedern. In den Filmen spielte er immer den Brutalo, vor allem im Umgang mit Frauen. Was seiner Popularität unter den Frauen keinen Abbruch tat. Von den Teheranerinnen wird er verehrt wie ein Gott. In einem Interview für das Teheraner Fernsehen soll er die Frage, warum ihn ausgerechnet die Frauen so liebten, die er stets in seinen Filmen mißhandle, mit den Worten: ‚Oskar Kokoschka: *Mörder, Hoffnung der Frauen*' beantwortet – und jede weitere Auskunft verweigert haben. Seitdem heißt er in Teheran *Oskar, der Mörder*.

Nach der Revolution und dem Sieg der klerikalen Faschisten ging Oskar, der Mörder in die Politik. Mit der Begründung, er sei als Brutalo, besser in der Politik der klerikalen Republik aufgehoben als im Film. Denn die Filme unter den religiösen Faschisten sind, im Unterschied zu den Filmen unter dem Kaiser, frei von Sex und Gewalt.

‚Gefällt er dir?', fragte der Militärschneider.

Obwohl ich ein Mädchen war respektive auf dem Weg ein Mädchen zu werden, dachte ich, er wollte wissen, ob ich Paskarani als Sänger respektive als Schauspieler mochte. Ich verneinte, weil ich weder Teheranerlieder mag noch Teherano-Western.

‚Paskarani steht nicht auf Mädchen wie euch', sagte der Militärschneider. Da kapierte ich, wie er die Frage, ob Paskarani mir gefällt, gemeint hatte. Daß Paskarani nicht auf ‚Mädchen wie uns' stand, kränkte mich übrigens, obwohl ich ihn als Schauspieler und Sänger nicht mochte, und obwohl sich seine Ablehnung von uns Mädchen nicht auf mich persönlich bezog und ich mich ohnehin nicht als Mädchen fühlte, und mich zur Teilnahme am Projekt nur bereit erklärt hatte, um das Lager zu verlassen.

‚Paskarani steht zwar nicht auf Mädchen wie euch, darum geht es aber nicht', sagte er – und sah mich erwartungsvoll an.

‚Nein?', fragte ich.

Ich kannte mich nicht aus.

‚Paskarani ist verheiratet und hat eine Affäre', sagte der Scheider, , Eine Studentin und Mitarbeiterin seines Teams", der Junge wandte sich an mich, „Paskarani hatte für das Amt des Präsidenten kandidiert, was ich aber nicht wußte. Er galt als liberal. Die Wahlen fanden ein halbes Jahr nach dem Gespräch mit dem Militärschneider statt.

‚Soweit ich weiß', sagte der Schneider, ‚ist seine Geliebte unsere Agentin, aber ich bin mir nicht sicher. Wie auch immer – sie wird kooperieren. Paskarani hat ein Appartement im Norden von Nord-Teheran, wo sich die beiden treffen. Wir wissen, daß sie immer im Schlafzimmer und immer nur im Dunkeln miteinander schlafen.

‚Wovon reden Sie?', fragte ich oder wollte ich fragen, ich weiß es nicht mehr. Auf die Frage – falls ich sie doch gestellt haben sollte – reagierte er nicht.

‚An das Schlafzimmer schließt das Badezimmer und ein begehbarer Schrank an. Darin wirst du warten. Irgendwann wird das Mädchen, mitten im Sex, das Schlafzimmer unter einem Vorwand verlassen, um in das Badezimmer zu gehen, und vom Badezimmer, das ebenfalls mit dem begehbaren Schrank verbunden ist, in eben diesen. Dort löst du sie ab, und gehst über das Badezimmer in das Schlafzimmer. Paskarani wird dich für das Mädchen halten. Positioniere dich so, daß er ... nicht merkt, oder nicht sofort, daß du ... nicht wirklich ein Mädchen bist.' Der Militärschneider lächelte gütig wie der Vater. ‚Keine Angst, das werden wir üben – und die Zeit, die er braucht, bis er merkt, daß du ... kein Mädchen bist, nützen wir, um euch zu filmen.'

‚Sie verwechseln da etwas', rief ich, ‚man bildet uns aus, um Männern zu dienen, die uns freiwillig ... in Anspruch nehmen.'

Der Militärschneider schwieg.

‚Und ... wie wollen Sie uns in der Dunkelheit filmen?'

‚Mit der Infrarotkamera', der Militärschneider lachte schrill und fast schon hysterisch.

Auf einmal war mir Paskarani sympathisch.

‚Und warum? Warum wollt ihr ihn kompromittieren?'

Von irgendwo nahm der Militärschneider ein Wörterbuch her, und schlug es auf.

‚*Kompromittieren ist das Bloßstellen eines Menschen.* Wenn man aber jemanden bloßstellen kann, muß es das, was man an ihm bloßstellt, tatsächlich geben. Dann *ist* er also schwul. Und wenn er schwul *und* liberal ist, muß er sich outen.'

Ich spürte, daß die Argumentation des Militärschneiders falsch war, konnte aber nicht sagen, warum.

‚Ist doch seine Sache, daß er schwul ist', sagte ich, als stünde es tatsächlich fest, daß er schwul sei.

‚Du spricht wie ein Liberaler, sagte der Militärscheider, nahm seine Mütze und legte sie auf den Tisch. ‚Aber die Liberalen bringen Teheran nicht weiter. Genauso wenig wie die Linken. Weißt du, warum unsere Revolution gesiegt hat?'

‚*Eure* Revolution?', wollte ich rufen, ‚Eure? *Unsere* Revolution. Ihr habt sie uns gestohlen!'

‚Die Revolution', sagte der Schneider, ‚hätte niemals gesiegt, hätten wir religiöse Faschisten sie euch Liberalen und Linken *nicht* gestohlen. Ohne Religion geht in Teheran nichts. Aber bitte glauben Sie nicht, daß ich die Religion nicht verabscheue. Ich verabscheue sie. So wie Sie. Und am meisten verabscheue ich die Religion Teherans. Aber Teheran ist ein Kunde. Den mußt du abholen, wo er ist."

Der Junge schaute wieder in sein Bier, bedrückter als ohnehin schon.

„Wie oft habe ich in den Deutschsprachigen Bergen während meines Studiums der Betriebswissenschaften den Satz gehört: ‚Du mußt den Kunden abholen, wo er ist!'. So oft bis ich es aufgab. Ich meine das Studium. Ich weiß aber nicht, ob ich das Studium wegen des Militärschneiders aufgab, oder ob ich den Satz ‚Du mußt den Kunden abholen!' während meines Studiums in den Deutschsprachigen Bergen, gehört und ihn dem Militärschneider nachträglich in den Mund gelegt habe.

Ich war ein altkluger Junge, das sagte ich schon. Vor Autoritäten kannte ich keine Angst und wollte ihm, wie vor und nach ihm Faschisten und Religiösen aller Art, widersprechen. Sein Zynismus machte mich aber sprachlos.

'Ohne Religion geht in Teheran nichts', sagte der Schneider, 'Und überhaupt müßten wir die Religion, wenn es sie nicht gäbe, erfinden. Und wenn ich *wir* sage, Junge, meine ich nicht die Bürokraten und Kabelverleger. Sondern die Politiker der echten *politischen* Politik. Die wir wollen, daß etwas weitergeht in Teheran. Wohingegen die Bürokratischen', da verschwand sein gütiges, ein wenig dämliches Lächeln, 'wohingegen die Bürokratischen jenem Staatsmann den Satz in den Mund gelegt haben: *Politik ist die Kunst des Möglichen.* Was er aber nicht gesagt hat. Er sagte: *Politik ist eine Kunst – und keine Wissenschaft*. Und als Kunst muß sie das *Unmögliche* wollen. Weshalb sie ohne Religion nicht auskommen kann. Jedenfalls nicht in Teheran'.

'Ich soll euch helfen, daß in Teheran etwas weitergeht, indem ich mich von Paskarani ficken und von euch filmen lasse?'

Der Militärschneider schloß die Augen und schüttelte den Kopf, erschüttert, als stammte die Idee, Paskarani zu kompromittieren, nicht von ihm, sondern von mir. Ich wollte aufstehen, oder ich sollte, und das Atelier des Militärschneiders verlassen, aber ich war auf einmal ganz ruhig. 'Ich bin *part of the game*', sagte ich. Der Militärschneider strahlte, sprang auf, umarmte mich fest und väterlich und begleitete mich zur Tür.

'Sie wollten dich', sagte er zum Abschied, 'mit verbundenen Augen in die Wohnung Paskaranis bringen, ohne dir zu sagen, wem du ... zu Gefallen sein würdest. Das habe ich verhindert. Das Mädchen soll wissen, mit wem es zu tun hat. *Uneingeweiht* würde ich sie nur dann bei einer Kompromittierung einsetzen, wenn sie unkooperativ war oder versucht hat, zu flüchten. Und nur bei Männern, die wir auf Vorrat kompromittieren'. Was 'auf Vorrat kompromittieren' heißen sollte, bin ich nicht sicher. Vermutlich wollten sie etwas Kompromittierendes gegen politische Gegner in der Hand haben – oder potentielle politische Gegner –, um es im Bedarfsfall ausspielen zu können.

Einer der für uns zuständig war, betrat am Tag nach jenem Gespräch den Unterrichtssaal. Wir hatten Konversationsunterricht, man brachte uns bei, die Männer, ohne vulgär zu wirken, mit Worten und Gesten zu reizen. Der Zuständige teilte uns mit, daß wir uns bereithalten sollten. Am Nachmittag würde man uns zur Anprobe der Uniformen in eine Schneiderei bringen.

Die Schneiderei war ein Modesalon im Norden von Nord-Teheran, unendlich feiner als das ohnehin schon feine Atelier des Militärschneiders. Sie brachten uns in eine Halle, wo eine Modeschau stattfand. Mannequins, die aussahen und sich bewegten, als sei der Kaiser noch an der Macht, trugen schwarze T-Shirts und Röcke. Die Röcke sahen aus der Ferne alle gleich aus, tatsächlich war jeder Rock mit einer anderen, ländlichen Ansicht der Deutschsprachigen Berge bedruckt: Heuballen, Äcker, Vogelscheuchen, Bauernmädchen und -jungen. Die Kollektion nannte sich *Hinterland*. Wie wunderten wir uns, daß die Präsentation einer solchen Kollektion in der klerikalen Republik Teheran möglich war. Außer uns Mädchen und den zwei hochgewachsenen Inhaberinnen des Modesalons, die wie zwei Schwestern aussahen, befand sich in der Halle auch ein Kamerateam des Zweiten Kanals des Teheraner Fernsehens. Tags darauf wollten sie die Modeschau senden.

‚Wie ist das möglich?', wagte ich, eine der hochgewachsenen Schwestern zu fragen. Sie schaute mich an, irritiert und vermutlich verärgert: ‚Im Fernsehen sieht man nur die Röcke, wie sie über den Laufsteg laufen. Daher die ländlichen Motive auf den Röcken – damit sich die Zuseher nicht langweilen'.

Ich versuchte, mir die ländlichen Röcke ohne die Mädchen vorzustellen, das schaffte ich nicht. Den Versuch aufzugeben, schaffte ich auch nicht. Statt die Röcke ohne die Mädchen, sah ich auf einmal die Mädchen ohne die Röcke und schämte mich.

Während des Versuchs, mir die Röcke ohne die Mädchen vorzustellen, hatte ich Bauchschmerzen bekommen, die stärker wurden – man brachte mich in ein spärlich beleuchtetes Zimmer, wo ich mich übergab, sobald ich allein war.

Als ich dem Militärschneider gesagt hatte: ‚Ich bin *part of the game*', hatte ich beschlossen, zu fliehen. Genauer gesagt, war zuerst der Entschluß da, zu fliehen, dann das *part of the game.* Ich hatte mich, um die Eltern vor den Repressalien der Faschisten zu schützen, bereit erklärt, beim Mädchenprojekt mitzumachen. Vielleicht hatten mich auch die Argumente der Professorin und Teheraner Feministin überzeugt, die Religion Teherans wäre in der Lage, sich selbst auszutricksen, und ich hatte die Teilnahme am Mädchenprojekt als meinen heroischen Beitrag betrachtet, das Problem der Männerliebe in Teheran zu lösen.

Was aber der Militärschneider verlangt hatte, ging mir zu weit. Ich mochte Paskarani weder als Schauspieler noch als Sänger – mich von ihm aber ficken zu lassen, um ihn zu kompromittieren, das konnte ich nicht.

Ich beschloß, nach Hause zu fliehen und Teheran zusammen mit den Eltern zu verlassen. Um meine Brüder machte ich mir keine Sorgen. Der eine war in den Untergrund gegangen, der andere, kurz bevor sie mich in das Lager verschleppt hatten, zum Studium in die Deutschsprachigen Berge".

Der Junge sprach von seinen Brüdern als wären sie nicht da, und sie wirkten, mit ihren starren Gesichtern, tatsächlich, wie abwesend.

„Beim Ausziehen meiner vollgekotzten Kleider wurde mir klar: Eine solche Gelegenheit, zu flüchten, würde sich nicht so schnell wieder bieten. Wir konnten ja die Kaserne, anders als das Lager, nicht einfach verlassen.

Ich mußte mich beeilen. Jeden Augenblick konnte jemand kommen und nach meinem Befinden fragen“, der Junge wandte sich an mich, „In Teheran sind wir überaus höflich und freundlich. Wissen Sie, daß einen diese Freundlichkeit nerven kann? Deshalb bin ich froh, in den Deutschsprachigen Bergen zu sein. Über die Deutschsprachigen Berge können Sie sagen, was immer Sie wollen, aber daß sie einen hier mit Freundlichkeit und Höflichkeit nerven, kann man nicht sagen.

Mein T-Shirt, meine Hose und meine Unterhose hatte ich vollgekotzt, nur die Turnschuhe hatte ich verschont. Der Couch gegenüber stand eine Rollgarderobe, auf der mehrere elegante, taillierte Offiziersmäntel hingen, mit goldenen Knöpfen, und Krägen aus kurz geschorenem Pelz, daneben hatten sie auf einer Holzbank ein Dutzend Pelzbaretts aufgestellt – unsere Mädchenuniformen. Und weil ich nackt nicht gut flüchten konnte, zog ich eine der Mädchen-Uniformen an, einen braunen Offiziersmantel. Eine Hose konnte ich nirgendwo finden, und war also unter dem Offiziersmantel nackt“.

„Nackt?“, riefen der Grobe und der Feine unisono. Der Junge ignorierte sie wieder.

„Ich schob einen schweren, dunkelroten Vorhang beiseite. Hinter einem hohen Fenster war ein weitläufiger Garten zu sehen, eigentlich ein Park. Ich suchte nach einer Vorrichtung, um das Fenster zu öffnen. Da sah ich in einer Ecke ein Fernsehgerät, hob es auf – was mir überraschend leicht fiel – und schlug die Fensterscheibe ein. Das Zerbrechen des Glases klang wie das Rascheln von Seidenpapier, ich betrat einen sonnigen, sommerlich wirkenden Tag und spazierte durch den Park oder den Garten oder was immer es war, entspannt, als sei ich nicht auf der Flucht, sondern ein Flaneur in einem Park in Paris.

Irgendwann hatte ich den Park, ohne es gleich zu bemerken, verlassen, oder den Garten oder was immer es war, ich wußte zwar, daß ich mich in Teheran befand, die Menschen und die Straßen waren die Menschen und die Straßen von Teheran, etwas hatte sich aber verändert. Auch der Himmel schien der Himmel über Teheran zu sein – und doch ein anderer. Wie lange war ich im Lager gewesen respektive in der Kaserne? Zwei Wochen? Zwei Monate? Ich wußte es nicht mehr, aber es war, als seien nicht Monate oder Wochen, sondern Jahre, viele Jahre, vergangen.

Ich hatte als Kind, auf Anregung der Mutter, eine amerikanische, in die Sprache Teherans übersetzte Geschichte gelesen: *Zwanzig Jahre unter dem Bett*. Die Handlung hatte ich schon damals, als ich aus dem Modesalon flüchtete, vergessen. Ich erinnere mich nur an einen Jungen, dessen Eltern am Abend ausgehen, er bleibt mit seinen Geschwistern zuhause, sie streiten – die Geschwister sind älter – und der Junge verkriecht sich in einem Zimmer des weitläufigen Hauses, unter dem Bett einer schlafenden Oma oder Tante, ich weiß es nicht mehr, und wartet bis die Eltern zurückkommen, um ihn zu befreien, er wartet und wartet, das Warten dauert und nimmt kein Ende – Zwanzig Jahre unter dem Bett.

Ohne es angesteuert zu haben, stand ich auf einmal, ich hatte unsere Straße nicht wiedererkannt, vor unserem Haus. Ich sage *Straße*, aber in den Deutschsprachigen Bergen hätte man *Gasse* zu unserer Straße gesagt, eine *Sackgasse*, an deren Ende sich eine Ziegelsteinmauer befand, dahinter ein Garten, mit Platanen und hohen Zypressen. Die Mauer gab es nicht mehr. Wo der Garten gewesen war, standen Baumaschinen und Kräne, dicht aneinander gedrängt. Auf der Straße standen gleichfalls Baumaschinen und Kräne, aber hintereinander.

Anders als auf den Straßen auf dem Weg nach Hause, war es in unserer Straße ganz still, und die Baumaschinen und Kräne wirkten wie die Statuen aneinander gedrängter und dennoch einsamer Götter. Ich sah weder Passanten noch Bauarbeiter. Auch keine fahrenden oder parkenden Autos. *Ganz still* stimmt aber nicht. Es gab seltsame, leise Geräusche, die ich nicht einordnen konnte, und die mir – als ich unseren Namen auf der Gegensprechanlage suchte, als wäre ich ein Fremder – rhythmisch erschienen, wie das Ticken der Uhr. Aber die Stille zwischen den Ticks kam mir vor, wie die Stille eines aus der Ordnung der Zeit gefallenen Ortes. Es *dauerte* bis ich unser Namensschild fand, obwohl ich das Gefühl hatte, oder gerade weil, ich befände mich außerhalb der Ordnung der Zeit“, der Junge wandte sich an mich, „auf unserem Namensschild stand unser Name, dann ..., der Name der Mutter, der Junge nannte einen Namen, den habe ich aber vergessen, dann *Kawe*, der Name des Vaters“. Ich weiß nicht warum, aber den Namen des Vaters konnte ich nicht mehr vergessen. Im Internet fand ich den folgenden Eintrag:

Kawe, *der Schmied, eine Gestalt der Teheraner Mythologie. Der Sage nach soll er den Aufstand gegen den Tyrannen* Hamadom *angeführt haben. Die Geschichte des Aufstands wurde im Buch der Elefanten verewigt. Kawe benutzte seine* Schmiedeschürze *als Flagge des Aufstands.*

Das Schurzfell, womit sich die Füße decken
Die Schmiede, wenn sie das Eisen strecken,
Das steckte der Kaw‘ auf ein Lanzenrohr,
Da stieg vom Markte der Staub empor

„Ich wollte läuten, da merkte ich, daß der Name der Mutter durchgestrichen war“.

„Sie haben dich am selben Tag abgeholt", sagte der Grobe.

„Ja", sagte der Junge.

„Und du hast ihnen – weiter gedient?"

„Ja", sagte der Junge.

Ich mußte an die Worte des Militärschneiders denken, daß Mädchen, die zu flüchten versuchten, *uneingeweiht* bei Kompromittierungen eingesetzt würden. In der Deutschsprachigen Gemütlichkeit war es still. Der Junge sah den Groben an, dann den Feinen, *ganz still* aber nicht, es waren Geräusche zu hören, ein Ticken, das ich nicht einordnen konnte, und die Stille zwischen den Ticks erschien mir wie die Stille eines aus der Ordnung der Zeit gefallenen Ortes. Die Stille war peinlich, und wurde peinlicher, je länger sie anhielt. Da fiel mir meine Frage über Teheran ein.

„Ich erinnere mich", sagte ich.

Der Feine sah mich wie aufmunternd an, wie man ein Kind aufmunternd ansieht. Hätte ich etwas derartiges vorhin auf der Straße gesagt, hätte mich der Junge aufmunternd angeschaut, nicht der Feine. Doch dieses *vorhin* schien nicht Stunden her zu sein, sondern Jahre.

„Ich erinnere mich", sagte ich, „an Teheran. Das heißt, ich erinnere mich nicht. Es gab diese Fernsehserie, diese ... amerikanische: *Sarsamine Ajayeb.*"

Sarsamine Ajayeb sind die einzigen Worte der Sprache Teherans, die ich erinnere. Das S am Anfang von *Sarsamine* ist stimmlos, das in der Mitte stimmhaft, das A am Anfang von *Ajayeb* ist hell, das in der Mitte dunkel. Sarsamine Ajayeb – *Wunderland.*

„Wir haben keine amerikanischen Serien geschaut", sagte der Feine,

was zu seiner Aussage, er und seine Kameraden hätten mit größter Begeisterung *Raumschiff Enterprise* geschaut, in Widerspruch stand.

„Ich erinnere mich nur an eine einzige Folge, das heißt ... an einen Teil einer Folge. Die geht mir aber, ich weiß nicht warum, nicht aus dem Kopf. Ich möchte wissen, wie sie weitergeht".

Wie wunderte ich mich, daß ich – endlich! – meine Frage gestellt hatte. Ausgerechnet während dieses peinlichen Schweigens. Warum es aber überhaupt des Mutes bedurft haben sollte, diese meine Frage zu stellen, weiß ich nicht mehr zu sagen.

„Wunderland, im Original *Land of the Giants*, ist die Geschichte eines Raumschiffs, das sich im Weltall verirrt und auf einem Planeten strandet, der von Riesen bewohnt wird, wie die Insel *Brobdingnag* in *Gullivers Reisen*. In jener Folge, an die ich mich erinnere, entdeckt die Besatzung des Raumschiffs eine verlassene Stadt im Maßstab einer Stadt auf der Erde. In Wahrheit ist die Stadt eine Spielzeugstadt, die ein alter Mann, ein Riese, für seine Enkelin gebaut hat. Der Alte lädt die Gestrandeten ein, die Spielzeugstadt zu bewohnen, aber die Enkelin will sie töten ... "

„Moment", sagte der Feine, „diese Folge habe ich ... wie hieß die Serie noch?"

„Wunderland."

„Ja ... damals, als ich in der Villa von Sam mit dem Mädchen, ich meine, als ich mit dem Mann, den ich für das Mädchen hielt ... da lief irgendwo im Zimmer ein Video. Ich konnte nichts sehen, aber ich hörte die Stimmen und wußte sofort, es war diese dämlichen Serie."

Als der Feine diese seine letzten Worte sagte, passierte etwas in den Augen des Jungen. Dann schloß er sie. „Ein Messer, bitte", sagte er. Zu der Kellnerin, die mich, blond, wie gesagt, an eine Isabella erinnerte, von früher. Sie hatte sich, während der Feine seine letzten Worte gesagt hatte, auf den Tisch zubewegt, und stand jetzt hinter dem Jungen, der sie, zumal mit geschlossenen

Augen, nicht gesehen haben konnte. Isabella nickte, ging fort und war gleich wieder da, während ihrer Abwesenheit war es still, und legte das Messer auf den Tisch. Ich kannte das Messer natürlich. Es war das japanische, das die Eltern aus Japan mitgebracht hatten, und das Mutter *Mein bestes Stück* nannte.

Was jetzt passiert, soll schnell passieren. Ich hatte einmal einen Krimi gelesen. Auf Deutsch natürlich. Die Sprache Teherans habe ich, wie gesagt, schon vergessen. Das heißt, nicht *ich* hatte den Krimi gelesen, sondern ein Freund, ein Schräger, von dem sie sagen, er hatte nie eine Frau. Nicht, daß er nicht gewollt hätte. Und der immer den Schluß dieses Krimis aus dem Gedächtnis zitiert. Die Geliebte des Protagonisten, eines Detektivs oder Kommissars, ich weiß es nicht mehr, entpuppt sich als Mörderin. Er muß sie erschießen. Und während er schießt, spricht er mit ihr. Den Schlußsatz rezitiert der Schräge, wie einen Heiligen Text: *Ich hatte nur noch eine Sekunde, ehe ich zu einer Leiche sprach.*

So soll es sein. Das Messer auf dem Tisch in der Deutschsprachigen Gemütlichkeit, das die Eltern aus Japan mitgebracht haben. Dann die Leiche. Ohne Übergang. Denn: Übergänge beim Sterben halte ich nicht aus.

„Das wünschst du dir?", sagt die Frau, von der ich gesagt hatte: Hätte es nicht sein können, daß ich, sobald ich aus der Fahne heraus war, statt jener Frau drei Männern begegnet wäre, den Brüdern, die mich gefragt hätten: „Alles in Ordnung?" und so weiter.

„Immer *fragst* du", sage ich, obwohl ich sie gar nicht kenne – aber was heißt das schon – *kennen*? Wir haben das Zentrum der Provinzstadt verlassen und sind jetzt mitten im Wald, der mitten im Zentrum der Provinzstadt beginnt und in das Hinterland der Provinzstadt hinausreicht. Oder reicht, umgekehrt, das Zentrum der Provinzstadt in den Wald und in sein eigenes Hinterland hinaus?

Ich nenne die Frau für mich die Verrückte, weil sie mich nervt und vermutlich tatsächlich verrückt ist. Rasch wie sie geht, habe ich Angst, sie zu verlieren. „Bleib", rufe ich.

Eigentlich hätte ich der Frau, weil ich ja schon den Brüdern begegnet bin, gar nicht begegnen können. Die Begegnung mit der Frau und die Begegnung mit den Brüdern schließen sich aus. Die Frau befindet sich im Fall der Begegnung mit den Brüdern – und die Brüder im Fall der Begegnung mit der Frau – außerhalb der Ordnung der Zeit.

Als ich „Bleib" sage, schaut sie zurück.

„Ich hatte einmal einen Teheraner. Der hat mich getötet".

„So sind sie", sage ich. Wir lachen, und obwohl ich keine Erinnerung mehr an Teheran haben will, weiß ich, daß ich schuld bin.